阿甘后传

[美]温斯顿·葛鲁姆 著

赵元元 译

重庆出版集团 重庆出版社

Gump&Co. by WINSTON GROOM
Copyright © Winston Groom, 1995
Simplified Chinese edition copyright © BEIJING ALPHA BOOKS.
CO.,INC.,2019
All rights reserved.

版贸核渝字（2019）第092号
图书在版编目（CIP）数据

阿甘后传 /(美) 温斯顿·葛鲁姆著; 赵元元译. —重庆:
重庆出版社, 2020.8
 书名原文: Gump&Co.
 ISBN 978-7-229-14300-8

Ⅰ.①阿… Ⅱ.①温…②赵… Ⅲ.①长篇小说—美国—现代
Ⅳ.①I712.45

中国版本图书馆CIP数据核字（2020）第113805号

阿甘后传

［美］温斯顿·葛鲁姆　著
赵元元　译

策　　　划：	华章同人
出版监制：	徐宪江
责任编辑：	王昌凤
营销编辑：	史青苗　黄聪慧
责任印制：	杨　宁
封面设计：	人马艺术设计·储平

重庆出版集团
重庆出版社　出版
（重庆市南岸区南滨路162号1幢）

投稿邮箱:bjhztr@vip.163.com
北京联兴盛业印刷股份有限公司　印刷
重庆出版集团图书发行有限公司　发行
邮购电话: 010-85869375
全国新华书店经销

开本: 880mm×1230mm　1/32　印张: 9.875　字数: 172千
2020年9月第1版　2022年10月第4次印刷
定价: 49.80元

如有印装质量问题，请致电023-61520678

版权所有，侵权必究

给我可爱的妻子,

安妮-克林顿·葛鲁姆,

她跟佛洛斯特一起度过了

这些可爱的岁月。

傻瓜的祈祷

王宫里的宴会结束了,国王
琢磨着新的游戏来消愁解闷,
他对小丑叫喊道:傻瓜先生,
现在跪下,为我们做一番祈祷!

小丑脱去帽子,摘下头上的铃铛,
不忘模仿从前的宫廷礼节;
他们看不出他那涂抹的笑容
背后,那副更为苦涩的笑。

他低下头,弯下膝盖
跪在君主光洁的搁脚凳上;
他恳求的声音提高了:"哦,主啊,
求你对我仁慈,我是个傻瓜!"

屋子里异常安静,在寂静中国王
站起身,去寻求花园里的凉爽,
他走出去,低声嘀咕着,
"求你对我仁慈,我是个傻瓜!"
　　　　　　——爱德华·罗兰·希尔,1868年

1

让我这么说吧，每个人都会犯错，这就是为什么橡皮垫子要放在痰盂边儿上。但是，记住我的话，不要让任何人把你的人生故事拍成电影。他们把电影拍得对还是错不重要，问题是，人们会一直缠着你，问问题，拿摄像机镜头戳你的脸，向你索要亲笔签名，告诉你，你是一个多么棒多么棒的小伙子。哈，如果废话像枪林弹雨一样袭来，我倒宁愿找一份制造枪弹的工作，赚的钱，肯定比唐纳德·特朗普、迈克尔·马利根，以及伊凡·博斯基几位先生[1]加在一块儿还多。这才是我接下来要讲的故事。

但是首先，我要和你说说我的伤心事儿，其中一大

---

[1] 这三个人都是小说后面出现的人物，其中迈克尔·马利根（Michael Mulligan）即为第八章中的麦克·马利根（Mike Mulligan）。Mike为Michael的昵称。全书脚注均为译者注。

半，在我最近十年的生活里还在继续。首先，我又长了十岁，这可不像一些人想象的那么好玩。我又多了几根白头发，而且我跑得好像没过去快了。我想再靠打橄榄球挣点钱的时候，立刻发现了这一点。

在新奥尔良的日子让人沮丧。在那儿出点什么事都叫我紧张，因为那儿只有我一个人。我在一个叫"旺达之家"的脱衣舞俱乐部，找了份清场打扫的工作。干这活儿白天很闲，可晚上要熬到凌晨三点。一天晚上，我正待在角落里看我的朋友旺达在舞台上干她的活儿，一大束灯光投射到舞台前方，下面有一群人起了争执，抱怨，咒骂，互相乱扔桌子、椅子、啤酒瓶，打得头破血流，然后一个女人尖叫起来。一般我不会理这种事，因为每天晚上都发生那么两三起，但今晚这次破了例，因为我认出了其中一个参与者。

一个手拿啤酒瓶的顶壮实的大个子，在那儿晃动着酒瓶，那个动作从我离开阿拉巴马大学起就再也没见过。真想不到，果真是"蛇人"！二十年前，在内布拉斯加州的"橘子杯"橄榄球比赛中，他对那群剥玉米的家伙就玩过这一手儿，结果把球抛出了界。他这一扔，就结束了比赛。当然，我们输了，于是我就不得不去参加越战——好了，不说了，我们不用为过去的事担心。

我二话不说，一步上前抓住了"蛇人"的瓶子，他看到我非常高兴，忍不住在我头上砸了一拳。他不该这么干，因为这让他的手腕扭伤了，结果他忍不住骂起娘来。正在这时，警察赶过来，把我们都送进了拘留所。现在，我对拘留所已经有了点了解，说起来，我人生的不同时期都光顾过这种地方。到了早上，每个人都清醒过来，看守给我们拿来一些已经不新鲜的面包夹煎腊肠，问我们能不能叫人来保释。"蛇人"真是个混蛋，他说："阿甘，每次我一撞上你这倒霉蛋，就是死路一条。我已经好些年没见你了，看，结果怎么样？我们又被关进来了。"

不管怎么说，还是有人来把我们都保释了，包括"蛇人"、"蛇人"的朋友，还有我。那家伙不太高兴，他问我："你这该死的在那个鬼地方做什么？"于是我告诉他，我是那儿的保洁员。"蛇人"打趣说："见鬼，阿甘，我以为你还在拜尤拉巴特里开那家虾公司呢！出什么事了？你可是个百万富翁啊。"于是我给他讲了我的伤心往事：虾公司倒闭了。

公司开张后不久，我就去干自己的事儿了，因为我很烦经营一家大公司所要做的那些烂事。我把那些全交给了我妈妈和我朋友——从越南回来的丹中尉和特里布尔先生。特里布尔先生是一位象棋高手，还教会了我下象棋。我要说的是，首先，我妈妈死了。接着，丹中尉给我打电话，说他要辞职，因为他已经赚够了钱。然后，有一天，我收到一封从国税局寄来的信，说我没缴纳他们规定的交易税，他们打算关掉我的公司，收走所有船只、房屋，以及其他东西。我跑回去想弄清楚到底发生了什么，天啊，被洗劫一空了！所有的房子都是空的，遍地生了杂草。他们已经切断了所有电话，连电也没了，县治安官在前门上用大头钉钉了一张纸，说这里已经成了"法院拍卖房屋"。

我到处找布巴的爸爸，想知道究竟出了什么事。布巴是我的合伙人，我在越南部队时的朋友，他在越战中被打死了，但是他爸爸帮了我，所以我想我或许可以从他爸爸那里获知真相。我到他家时，他正一个人佝偻地坐着，看上去挺沮丧。

"养虾生意出什么事了？"我问。

他摇摇头说："佛洛斯特，这种事可真叫人伤心难过。恐怕你已经破产了。"

"但是，为什么呀？"我问。

他的回答是"被出卖了"。

然后他告诉了我事情的原委。当我在新奥尔良鬼混的时候，好样的丹中尉带我的朋友苏，一只猿猴——确切来说是一只猩猩——一起回到拜尤拉巴特里，帮忙打理生意上的一些事。我们面临的问题是，虾已经快捕捞完了。就好像全世界每个人都要吃虾似的。像住在印第安纳波利斯这种地方的人，在几年前连听都没听说过虾，现在却要求每家快餐厅都能昼夜不停地供应大盘大盘的虾。我们尽可能快地打捞，可是没过几年就没那么多虾可捞了。我们能捕到的还不及刚开始时的一半。实际上，整个虾产业都已经处于恐慌状态。

布巴的爸爸并不知道接下来会发生什么。但是，无论发生什么，事情都只能从糟糕转向更糟。首先，丹中尉撒了。布巴的爸爸说，他看见丹开着一辆大轿车，和一个戴金色披头士假发、穿细高跟鞋的女人走了，丹还从车窗里扔出两个大香槟酒瓶呢。接下来，特里布尔先生也辞职了，一天早上起来后，他就一声不吭地溜了。这之后每个人都辞了职，因为没人给他们发工资。最后只剩下一个接电话的了，就是老员工苏。在电话公司切断电话后，苏也离开了。你可以猜到，连他也不想每天干坐在那儿。

"我猜他们拿走了你所有的钱，佛洛斯特。"布巴的爸爸说。

"谁拿走的？"我问他。

"他们都拿了，"他说，"丹、特里布尔先生、秘书、船员，还有办公室里帮忙的。他们都是些连抢带拿的家伙,把这里都捣腾空了。包括老家伙苏。我最后一次看见他时,他正在房子拐角处探头探脑,胳膊下还夹着一台电脑。"

哎呀,这可全是坏消息。我几乎不敢相信。丹!特里布尔先生!还有苏!

"不管怎么说,"布巴的爸爸说,"佛洛斯特,你已经是个穷光蛋了。"

"对,"我说,"我以前也是。"反正现在也没法补救了。随他们去吧。那天晚上,我在我们那个码头上坐了很久。从密西西比河湾升起了好大的半轮月亮,就挂在水面上。我在想,如果妈妈在,这一切就不会发生了。除了妈妈,我还想到珍妮·柯伦,不管她现在跟谁在一起——还有小佛洛斯特,他实际上是我儿子。我曾经许诺要把养虾生意里赚的钱给珍妮,这样小佛洛斯特在需要的时候就有了依靠。可是,我都干了些什么?现在,我破产了。一切都完了。要是你还年轻,没背负什么责任,遇到这种事也许还好。但是,见鬼,我现在已经三十多岁了,我必须为小佛洛斯特做些有用的事。可是,都发生了些什么?我又把事情搞得一团糟了。这就是我的人生。

我站起身,朝码头尽头走去。那大大的半轮月亮仍挂在防波堤的水面上。一瞬间,我只想大哭一场。我紧紧靠在一根支撑防波堤的桥桩上。见鬼,桥桩居然腐烂了,禁不住靠,一下子断开掉进了水里,我也跟着掉了下去。呸,现在我站在齐胸深的河里,又成了一个傻瓜。这时候即使有一头鲨鱼什么的游来把我吞掉,我也不在乎。但是,没有鲨鱼,我只能蹚水出来,搭乘第一趟班车返回新奥尔良,正赶上脱衣舞俱乐部打烊要搞清扫。

大概一天后,"蛇人"在快关门的时候光顾了旺达。他的手因为砸我的脑袋而扭伤,于是缠满绷带,固定在石膏板里,但是他的脑子还能动。

"阿甘,"他说,"我直说吧,不管怎么说,就凭你这辈子干过的事,现在就在这么个烂地方当保洁员?难道你疯了?让我好好问问你——你现在还跟在学校那会儿跑得一样快吗?"

"我不知道,'蛇人',"我说,"我现在很少锻炼。"

"好,告诉你吧,""蛇人"说,"我不知道你晓不晓得,我现在是新奥尔良圣人队的四分卫,你可能听说了,我们最近的情况不是很好。我们上一次输了,居然被打成零比八,人人都叫我们菜鸟。我们下周就要跟该死的纽约巨人队比赛了,按我们现在的样子,恐怕要打成零比九,那我可能就要被解雇了。"

"橄榄球?"我问,"你现在还在玩橄榄球?"

"是呀,不玩这个我玩什么,你个傻瓜——玩长号吗?嘿,听着,我们必须拿出绝活在星期天对付他们巨人队。我想你就是我们的王牌。没什么了不起的——不过一两场比赛而已,你就为这一两场比赛训练一下吧。如果你干得漂亮,这可能会成为你的饭碗。"

"哦,'蛇人',我不知道。我的意思是,自从你把球扔出界结束了比赛,把冠军丢给那些剥玉米的家伙后,我就再也没打过橄榄球。"

"咳,真该死,阿甘,别再对我提那事——都二十年前的事了!现在谁也不会再记得——很明显除了你。看在上帝的分儿上,现在都凌晨两点了,你还在给一场啤酒狂欢扫尾,你真要放弃这个转变人生的机会吗?你是怎么啦,木头脑袋吗?"

我想回答是的,但"蛇人"阻止了我,在一张餐巾纸上胡画了一气。

"看,这是练习场地址。明天下午一点整准时到那儿。给他们看这张纸,让他们带你来见我。"

他走之后,我把餐巾纸揣进口袋,继续打扫场地。那天晚上回家后,我躺到床上,直到天亮都一直在想"蛇人"说的话。或许他是对的。不管怎样,试一试没坏处。我想起过去在阿拉巴马大学的那些日子,所有他们那些人——那是很多年以前了,有布莱恩教练、柯蒂斯、布巴,这些家伙!在回想的时候,我渐渐泪眼蒙眬起来,因为那是我人生中最好的时光。观众们乱吼着加油,我们几乎每场比赛都获胜。不管怎样,我穿好衣服,去外面吃了点早餐,到午后一点的时候,我骑着自行车来到新奥尔良圣人队训练场。

"你再说一遍,你是谁?"门卫看了我出示的餐巾纸后问。他满腹狐疑地把我上上下下打量了一番。

"佛洛斯特·甘。我以前跟'蛇人'一起打过球。"

"对,我敢打赌,你就是那个他们都在说的人。"他说。

"是的,我就是。"

"好,那你先等一下。"他有点嫌恶地看看我,从一扇门走了出去。几分钟后,他一边摇晃着脑袋一边走了回来。

"好啦,甘先生,跟我来吧。"他带我一起去了更衣室。

现在回想起来,如果说我曾见过一些大块头的话,那当属内布拉斯加大学的球员。不，他们不是块头大——他们是块头巨大！哦，对了，可能我还没告诉你，我身高六点六英尺，体重二百四十磅——但那些家伙，他们看上去足有七英尺高，每一个都有三四百磅重！一个穿制服的小伙子走过来对我说："你来这儿找人吗，老前辈？"

"是的，"我说，"我找'蛇人'。"

"哦，他今天不在这儿。教练让他去看医生了，他在酒吧里因为砸一个傻瓜的脑袋，把手给扭了。"

"我知道。"我说。

"好，那么还需要我帮什么忙吗？"

"我不知道。"我接着告诉他，"'蛇人'请我到这里来，看你们是不是需要我为你们打橄榄球。"

"打橄榄球？为我们？"他微微斜视，开始对我产生了一点兴趣。

"呃，嗯，以前在阿拉巴马大学的时候，'蛇人'跟我在同一个球队。他昨天晚上对我说……"

"等等，"这个小伙子说，"你叫佛洛斯特·甘，是不是？"

"是啊，确实是。"

"对了，对了，"他说，"我听说过你，阿甘。'蛇人'说你跑起来就像从地狱飞出来的蝙蝠。"

"不提当年的事了。我有些日子没跑了。"

"好，听着，阿甘，'蛇人'求我给你一个机会。你现在就加入我们吧，我来给你全副武装上——哦，对了，叫我赫利教练，我训练外接员[1]。"

他把我又带回更衣室。他们给我找了号码适合我的球服。天哪，这装备跟过去在大学那会儿可真不一样。现在全身衣服都变样了。衬垫用的是双层的橡胶材料，所以全副武装以后，你看起来活像火星人一类的家伙，站起来的时候，会感觉自己马上就要翻倒。当我把全套衣服都穿上时，所有队员都已经在运动场上准备好，就等着训练了。赫利教练冲我打了个手势，我就走过去。他们正在做传球示范，他叫我赶快站到队列里。我还记得在比赛刚开始的时候怎么传球——就是跑出去大约十英尺，然后转过身，他们把球抛给你。这次轮到我的时候，我就跑出去，然后一转身，球正好砸在我的脸上，我太惊讶了，一下子摔倒在地。赫利教练摇了摇头，于是我被安排到队列的最后面。试了四五次，我一个球都没抓到，其他队员都开始躲着我走，就好像我需要洗个澡似的。

这样练习了一会儿，教练又发出命令，所有队员开始

---

[1] 外接员（wide receiver），美式橄榄球运动中接传球的队员，通常是比赛中最快速灵活的选手，经常成为观赛者注目的焦点。

练习并列争球。几次比试后,他们被分成两队。赫利教练又打了个手势,叫我过去。

"好吧,阿甘,"他说,"连我自己都不知道为什么要这么做,你还是留下当外接员吧,看你到底能不能接住一个球,这样'蛇人'回来后才不会太丢脸,对我而言也是如此——就权当是因为这个理由吧。"

我来到他们当中,告诉他们,我入队了。那个四分卫瞄了我一眼,就好像我是个傻瓜,他嘴上却说:"好呀,八零三拐柱——二分位——阿甘,你直接冲出去二十码,然后再回头接球。"大家稍事休息后开始各就各位。我连自己的位置都搞不清楚,只能把球投向我认为正确的地方,一个四分卫看了看我,对我打了个手势,叫我靠近点。他计算了一下,把球咔嚓投了出去,我跑出去,约莫跑出二十码,轻轻一跳,回头看去,球真的正朝我传来。这时我知道,该出手了,于是球被接在了手里。我抓住球,开始拼命地跑。真该死,我还没跑出二十码远,就被两个大块头的狠角色一下子撞翻在地。

然后大家炸开了锅。

"活见鬼,他在做什么?"其中一个家伙喊起来。

"嘿——这可不对劲呀。他到底在干什么?"另一个说。

又有两三个家伙凑过来，挥着胳膊对赫利教练叫嚷。我站起身，跑回他们当中。

"那些家伙怎么了？"我问四分卫。

"见鬼，阿甘，那些家伙没想到你会这么干，所以不知所措了。他们本以为你会按照我说的去做，跑出二十步，然后拐柱。但你只做了一半，而且连这一半也是反着来的。训练手册里可没写这种战术。我知道你是瞎猫碰上死耗子了。但不管怎样，那个接球漂亮极了。"

不错，那天下午我又接住了五六次传球。每个人，除了防守队以外，都很高兴。这时老"蛇人"也看完医生回来了，站在边线上，高兴得又蹦又跳。

"佛洛斯特，"终于练习完并列争球之后，他对我说，"下个星期天下午，我们有机会战胜纽约巨人队了。那晚我去了你那脱衣舞俱乐部真是幸运。"

但是，我不知道事情是否真会如此。

不管怎样，接下来这个星期我都用来训练，到了星期天，我感觉自己的状态很棒。"蛇人"已经把手上的绷带全拿掉了，又担任起首发阵容的四分卫，在头两节比赛中打了个痛快，所以等我们走进更衣室时，比分只以零比二十二暂时落后。

"好，阿甘，"赫利教练说，"马上咱们要拿出点颜色了。我想现在我们已经用万无一失的假象骗过了纽约巨人队。他们肯定以为胜券在握。你们不要再给他们机会。"然后他又像其他教练一样说了一连串的废话，我们返回比赛场。

第一轮进攻时，我们这边有人漏接了球，于是我们又返回自己的一码线开球。正如赫利教练所讲，我们已经给纽约巨人队制造了一种稳操胜券的假象。赫利教练拍了下我的屁股，于是我跑进赛场。观众瞬间安静下来，然后发出一阵叽叽咕咕——我猜是他们没来得及把我的名字写进比赛单。

"蛇人"看着我，用闪烁的目光对我说："好了，佛洛斯特，现在是时候了，加油吧。"他喊了声打，我向边线走去。开球了，我从前场掉头转身，可是球还没传到。"蛇人"在后场被五六名巨人队球员追，跑过来，跑过去，在我们自己的球门区里直打转——他来回跑了能有一百英尺，但方向搞错了。

"我很抱歉。"当我们回到队列里时，他说。他把手向下伸到裤子里面，掏出一个塑料小瓶，打开喝了一大口。

"那是什么？"我问。

"傻瓜，百分之百的纯橙汁，""蛇人"说，"你不会以为我到了这把年纪还乱喝威士忌吧？"

不错，人们说江山易改本性难移，但人们也说疑神疑鬼永远避免不了。我很高兴"蛇人"做了正确的事。

"蛇人"喝完就叫喊着发起进攻，我再次跑了出去。这时观众开始对我们发出嘘声，往比赛场上冲我们抛出纸杯、比赛单、咬了半截的热狗。我一转身，脸正好被一个烂了一半的大番茄砸中。我猜，这是看台上某些观众带进来用来表示不满的。你能猜到，这烂番茄叫我稍微慌了下神，我抬起手摸了摸脸，有一个坑，就在这时，"蛇人"的传球过来了——我被狠狠砸倒在地，但至少我们突破了零比分。

这是我们二十个人获得的第一个十分，"蛇人"见好不收，再次发起同样的进攻。我拼命把脸上的番茄擦掉，这时"蛇人"说："要当心那些看台上的家伙，他们就是为了寻开心。他们一到这儿就这副德性。"

我真希望他们能有别的"德性"。

不管怎样，我跑了出去。这次还没等跑到边线，我就听见一阵真真切切的粗鲁的谩骂声，还直叫着我的名字。我瞥了一眼对方的队列，竟然看到了我在阿拉巴马时的后卫队友老柯蒂斯，他穿着纽约巨人队的制服！

眼前的柯蒂斯，在大学时曾有一段时间是我的室友，至少在他把外挂马达扔出运动员宿舍窗户，正砸中一辆警车，并因此惹上麻烦之前，是我的室友。后来，我在拜尤拉巴特里给了他一份虾公司的工作。就我对他的了解，不先说上十句脏话，他就没法开口讲话，所以很难弄清他要讲什么——尤其在你还剩五秒钟就要开始攻球的时候，现在情况正是如此。我冲他微微招了下手，这个动作叫他吃了一惊，他转过头看了下他的队友们，就在这时，我们的攻球开始了。尽管柯蒂斯用脚绊我，我却像一枚子弹一样超过他，冲到前场，"蛇人"的球正好传到。我一步都没有停留，一直跑到防守区。触地得分！

每个人都跳到我跟前又搂又抱，当我起身时，柯蒂斯走过来说："接得漂亮，笨蛋。"这大概是柯蒂斯给过我的最高恭维。就在这时，有人扔了个番茄，砸了他一个满脸开花。这是我第一次看到柯蒂斯无语，我对他有点抱歉。"嘿，"我说，"他们那么做并不代表什么，柯蒂斯。他们新奥尔良人做事就这德性。你没事吧？他们可连四旬斋尾日彩车上的人都敢砸呢。"但是柯蒂斯没听这些，而是转向看台上的人，发出咒骂，冲每个人都竖起中指。可爱的老柯蒂斯。

不错，这个下午非常有趣。到第四节比赛的时候，我们以二十八比二十二领先。最后我以一个四十码长传的接球绝杀对手，结束了比赛。给我助攻的球是接替"蛇人"上场的四分卫传来的。"蛇人"的大腿被一个巨人队球员撞伤了一大块，正在边线外缝伤口。比赛到了后段，在所有的球员中，球迷们只欢呼一个名字："阿甘！阿甘！阿甘！"比赛结束了，所有的摄影师、报纸记者都来到赛场上围住我，想知道我是谁。

从那以后，我的人生的确是完全改变了。因为这场对巨人队的首场比赛，圣人队的人给了我一张一万美元的支票作为报酬。第二个星期，我们跟芝加哥大熊队比赛。我接到了三次传球，触地得分。圣人队的人想出了一个支付我报酬的办法，他们说，是带有"激励目的"的，那就是每接到一个传球就给我一千美元，每一次触地得分就给我一万美元。于是，在又打了四场比赛后，我在银行里存了将近六万美元，而我们队现在是六胜八负，在整个联赛的排名正往上升。这个星期又要有一场比赛，是对底特律雄狮队。我给珍妮·柯伦寄了一张三万美元的支票，是给小佛洛斯特的。我们跟底特律雄狮队比过之后，又跟红人队、雄驹队、爱国者队、49人队、喷气飞机队一一交战。在这段时间，我又寄给她三万美元。我估摸着，按这样打到最后决赛，我肯定就万分轻松了。

但是事情根本不是这样。

我们确实赢得了我们小组的联赛第一名,接下来要跟达拉斯牛仔队在他们家乡的赛马场上对决。每一件事情看起来都相当不赖。我们的队员全都胜券在握,在更衣室里互相用毛巾抽打着屁股。"蛇人",甚至都不用再喝酒就处于最佳状态。

一天,队里一个小伙子走过来对我说:"喂,阿甘,你要给自己找个经纪人才行。"

"什么?"我问。

"经纪人,你这蠢货。让一个人代表你,为你要来所有的钱。你在这儿并没拿到足够的报酬。我们当中谁都没有。但至少我们有经纪人来对付管理部门的那些杂种。哎呀,其实你应该得到现在报酬的三倍。"

于是,我接受了他们的建议,给自己找了个经纪人,巴特菲尔德先生。

巴特菲尔德先生做的第一件事,就是找圣人队管理部门的人争辩了一番。很快我就被叫去,他们全都对我发起火来。

"阿甘,"他们说,"你已经签了这个赛季每接住一个球一千美元、触地得分一万美元的协议,现在又要反悔。你这混蛋到底要搞什么?"

"我没要反悔，"我说，"我只是找这个经纪人……"

"巴特菲尔德！去他的经纪人！这家伙是个坏蛋，你不知道吗？"

我说我不知道，然后他们告诉我，巴特菲尔德先生威胁说，如果他们不给我现在报酬的三倍，就要把我从决赛中拉走。

"阿甘，我告诉你，"老板说，"如果你因为这个敲竹杠的蠢念头而错过任何一场比赛，我不光要亲自把你扫地出门，而且要叫你永远不能在任何地方找到打橄榄球的工作——至少是营利性的，你明白了吗？"

我说我明白了，就继续出去训练了。

那个星期，我最终辞掉了在旺达脱衣舞俱乐部搞清洁的工作。因为我实在没时间。旺达说不管怎样她都可以理解，她说她也想解雇我呢，因为我一边为圣人队打橄榄球一边为她做保洁员，显得不够"体面"。另外，她还说："那些人来这里不再是为了看我，而是为了看你，你这个大傻瓜！"

这一天，在我们去达拉斯比赛之前，我去了趟邮局，正好有我一封来自阿拉巴马州莫比尔的信。信是珍妮的妈妈写的。现在，我总算可以高兴一点了，因为每当接到珍妮或者任何跟她有关的人的来信，我都会如此；可是，这一次，我没有高兴起来，事情似乎有点奇怪。信封里装着另一个信封，连打都没有打开过。是我上一次寄给珍妮的三万美元支票。

我开始读柯伦夫人的信，想知道发生了什么，但是还没等读完，我就希望自己已经死掉了。

"亲爱的佛洛斯特，"她写道，"我不知道该怎么告诉你这个消息。但一个月前珍妮患了重病，她的丈夫，唐纳德，也得了这种病。他上个星期去世了。而他死的第二天，珍妮也去世了。"

她还说了一串其他的事情，但是我都不记得了。我的目光还停驻在信的头几行，我的手开始颤抖个不停，我的心跳得如此之快，我感到快要昏过去了。这不是真的。这不可能是真的。这个消息说的不是珍妮。我的意思是，这些年我一直知道她的情况，甚至可以说自打上小学起，我就爱上她了——她是除了妈妈以外我唯一真正爱过的人。我呆呆地站在那儿，大颗的眼泪滚到信纸上，模糊了字迹，只剩下最后几行还能看清，那上面写道："小佛洛斯特现在在我这儿，只要我还照顾得动他，他就可以留在我身边，但是我已经有点力不从心了，佛洛斯特，如果你能从你的球队比赛中抽出时间来看看我们，我想我们可以好好谈一谈。"

好吧，我的确已经不知道接下来该做什么了。不知怎的，我往提包里胡乱丢了些东西，就去赶当天下午去莫比尔的班车。我想，这是我一生中坐过的最漫长的一趟火车。我一直在忍不住回想跟珍妮在一起的那些岁月。在学校里她怎么帮我摆脱麻烦——甚至在我不小心在电影院里撕开了她的裙子后依然如此——还有在大学里她跟民谣乐队一起唱歌期间，当她和五弦琴手缠在一起时，我把那琴手拖下车，搞砸了他们俩的事儿，然后是波士顿她跟"裂蛋"乐队一起唱歌时，我去哈佛大学参加莎士比亚戏剧节——甚至在那之后她去印第安纳波利斯为一家轮胎厂工作，而我成了一名摔跤手，她不得不对我说出我把自己弄得多么滑稽可笑……不，这不可能是真的，我一直在想，一遍遍地想，但是想法并不能变成现实。我深深地明白这一点。我知道，这是真的。

晚上九点左右，我到了柯伦夫人家。

"哦，佛洛斯特。"她叫道，然后伸出双臂抱住我开始哭泣。我也忍不住哭了。

过了一会儿，我们走进屋，她拿出一些牛奶和曲奇饼干，然后开始给我讲事情的经过。

"没人知道到底是怎么回事，"她说，"他们两个同时得了病。事情来得非常快，他们不辞而别。她已经不会再有痛苦了。实际上，她病的时候比任何时候都美。就那样躺在那张床上，就像我记忆中她还是个小女孩时的样子。那是她自己的床。她的头发又长又漂亮，她的脸看上去一如既往，像个天使。然后，那天早上，她就……"

柯伦夫人不得不停下来一会儿。她不想再哭了。她只是望着窗外的街灯。

"当我走进来看她时，她已经走了。躺在那儿，头枕着枕头，就好像睡着了一样。小佛洛斯特正在外面的前廊上玩，唉，当时，我不知道该怎么做，但我告诉他进来，去亲亲妈妈。他这么做了。他不知道发生了什么。我没让他待太久。第二天我们就埋葬了她。埋到了木兰墓园的家族墓地，埋在她爸爸和爷爷身边。在一棵糖枫树下。小佛洛斯特，我不知道对于整个过程他能理解多少。他不知道他爸爸已经死在了萨凡纳，跟他的家人在一起。他知道他妈妈走了，但我不知道他到底能理解多少。"

"我能看看吗？"

"什么？"柯伦夫人问。

"她待过的地方。她在哪儿，在她……"

"哦，当然，佛洛斯特。就在这儿。现在小佛洛斯特在那张床上睡觉呢。我只有两间……"

"我不想弄醒他。"我说。

"为什么不呢?"柯伦夫人说,"或许这会叫他感觉好点儿。"

于是,我走进了珍妮的卧室。小佛洛斯特正睡在她的床上,不知道发生的这一切对于他到底意味着什么。他怀里抱着一个泰迪熊,一大绺卷发搭在额头上。柯伦夫人想叫醒他,但是我请她别这么做。我几乎能看见珍妮在那儿,安静地睡着。几乎。

"或许他今天晚上该好好休息,"我说,"到了早上再让他看见我吧。"

"也好,佛洛斯特。"她说,然后她转过身。我碰了碰他的脸,他翻过身来轻轻叹了口气。

"哦,佛洛斯特,"她说,"我几乎不能相信这一切,来得这么突然。本来他们好像很幸福。有时候,事情总是急转直下,不是吗?"

"是的,夫人,"我说,"确实这样。"我们走出了房间。

"哦,佛洛斯特,我知道你累了。起居室里有一张沙发,我可以帮你铺上床。"

"你知道,柯伦夫人,或许我可以睡在前廊的吊床上。我一直都喜欢那张吊床，珍妮和我曾一起坐在上面……"

"当然可以，佛洛斯特，我给你拿枕头和毯子。"

于是我睡在了上面。整个夜里都刮着风，黎明前还下起了雨。天气并不冷。只是我从小长大的地方的一个普通秋夜。我想我也没有睡着。我一直在想着珍妮、小佛洛斯特，还有我自己的人生。关于我的人生，没什么好说的。我做过许多事，但是大都没做好。还有，我总是在事情开始好转的时候，惹上麻烦。这些，我想，就是你们所说的，当白痴要付出的代价吧。

2

到了第二天早上,柯伦夫人端着一杯咖啡和一盘甜甜圈来到前廊。雨下得小了一点,但天空还是阴暗的珍珠灰色,一阵响雷从天边滚过,好像上帝在发怒。

"我猜,你想出去到墓园看看吧?"柯伦夫人说。

"是的,我正是这么想的。"我对她说。实际上我不知道自己到底想去还是不想去。我的意思是,从某种意义上讲,我必须去,但是那里其实是我最不想去的地方。

"我已经让小佛洛斯特准备好了,"她说,"他去过一次,是在……唉,我想让他陪着一起去是件好事儿。他会逐渐适应的。"

我朝她的身后望去,他就在那儿,站在门的纱帘后面,看上去有点难过和迷惑。

"你是谁?"他问。

"怎么？我是佛洛斯特呀。你应该记得我们什么时候见过吧？在萨凡纳。"

"你是那个带着一只有趣的猴子的人？"

"是的，那是苏。不过他可不是猴子，他是纯种的猩猩。"

"他现在在哪儿？他来了吗？"

"没有，他这次没来，"我说，"我想，他正在别的地方忙生意。"

"现在我们要去看妈妈了。"小男孩说，听了他这句话，我几乎哽咽起来。

"是，我知道。"我说。

柯伦夫人让我们上了车，我们驶向墓园。一路上，我的胃里就好像有一些可怕的蝴蝶。小佛洛斯特只是睁着大大的悲伤的眼睛望着窗外，我真不知道对于我们几个人来说到底发生了什么。

这是一座很漂亮的墓园，墓园就应该是这个样子的。在高大的木兰树和橡树之间，我们拐来拐去，转来转去，最后，终于来到一棵大树前，柯伦夫人停下汽车。这是一个星期日的早上，某座教堂的钟声传了过来。我们下了车，小佛洛斯特来到我身旁，抬起头看着我，于是我牵起他的手，我们走向了珍妮的墓。雨后的地面还很湿。树叶被纷纷吹落,是美丽的深红色、金黄色,形状就像星星。

"妈妈就在这里吗?"小佛洛斯特问。

"是的,亲爱的。"柯伦夫人回答。

"我能看见她吗?"

"不,不过她就在这儿。"珍妮的妈妈回答。小佛洛斯特是个勇敢的小男孩,他的确是,他并没有哭或怎样。如果我是他,可能早就哭了。过了一会儿,他找到一根小树枝,自己到一边玩了起来。

"我几乎不能相信这是真的。"柯伦夫人说。

"我也不能相信。"我说,"这不是真的。"

"我要回车里去了,佛洛斯特,你可能想跟珍妮单独待一会儿。"

我就这样站着,完全麻木了,两只手绞在一起。在这个世界上我所关心的每个人似乎都死了。爸爸,妈妈,现在还有可怜的珍妮。天空又开始下起蒙蒙细雨,柯伦夫人过来抱起小佛洛斯特,把他放进车里。我也准备离开,这时,我听见一个声音说:"佛洛斯特,一切都会好的。"

我转过身,四周没有一个人。

"我说,一切都会好的,佛洛斯特。"这个声音又说了一遍。这不是……这难道不是……可是不可能……这是珍妮!

然而四周仍然一个人也没有。

"珍妮！"我叫了一声。

"是的，佛洛斯特，我只是想告诉你，每件事最终都会好起来的。"

我当时一定快要疯了！但是我冷静了片刻，渐渐看见了她，我猜是在我的脑海里看见的，但是她的确出现了，就跟往常一样美丽。

"你现在必须把小佛洛斯特带走，"她说，"抚养他长大，让他成为坚强、聪明和善良的人。我知道你可以做到，佛洛斯特。你有一颗博大的心。"

"但是怎么可能呢？"我问，"我是个白痴呀。"

"不，你不是！"珍妮说，"你可能不是全城最聪明的小伙子，但是你比绝大多数人都明理。你前面还有很长的人生，佛洛斯特，所以尽力而为吧。我已经这样告诉了你很多年。"

"我知道，可是……"

"不管什么时候，一旦你真正寸步难行，我就会来帮你，你明白了吗？"

"不明白。"

"好了，我会做到的。所以回去吧，继续努力，好好想一想下一步该怎么做。"

"但是,珍妮,我还是无法相信这就是你。"

"是的,这的确是我。现在,回去吧,佛洛斯特,"她说,"有时候,你表现得就好像淋了雨都不知道躲。"

于是我回到了车里,浑身都湿透了。

"你是在外面跟什么人说话吗?"柯伦夫人问。

"嗯,差不多吧,"我说,"我想我在跟我自己说话。"

那天下午,我和小佛洛斯特坐在珍妮妈妈的起居室里,看新奥尔良圣人队对达拉斯牛仔队——不管什么比赛,总之是他们两伙之间的。牛仔队在比赛的第一节赢得四次触地得分,而我们队一分未得。我拼命给运动馆打电话解释我在哪儿,但是更衣室里没人接电话。我猜在我不断打电话那会儿,他们都去了比赛场。

第二节比赛情况就更糟了。比赛进行到一半时,比分是四十二比零,比赛广播解说员一直在谈论我不知道为什么没出现,没有人知道我去哪儿了。最后,当他们回到更衣室时,赫利教练立即接了电话。

"阿甘,你这个混蛋!"他咒骂道,"你到底在哪儿?"

我告诉他珍妮死了,但是他好像听不明白。

"见鬼,我管他谁是珍妮!"他尖叫着。

要解释清楚所有这一切似乎并不容易，于是我只能告诉他珍妮是我一个朋友。这时老板接过了电话。

"阿甘，我告诉过你，如果你不来参加比赛，我就亲自炒你这混蛋的鱿鱼！现在，我正式通知你，你被解雇了。"

"但是，你看，"我告诉他，"是因为珍妮，我昨天才得到的消息……"

"别耍这一套来哄骗我，阿甘！我知道你的老底儿，你叫来一个经纪人，那个黄油屁股先生，管他叫什么。你不该这么干。总之你再也别来我的橄榄球队了。你听好了——永远都不要来了！"

"你对他们解释清楚了吗？"柯伦夫人回到房间之后问道。

"哦，是的，"我说，"差不多吧。"

就这样，我的职业橄榄球生涯结束了。

现在，我必须再找一份工作来帮忙抚养小佛洛斯特。珍妮把我寄给她的大部分钱都存进了银行，加上珍妮的妈妈寄还给我的那三万美元，已经足以赚取微薄的利息。但是要想做什么事儿，光靠这点钱还不够，所以我知道，我必须再去找一份工作。

第二天早上,我浏览起报纸上的招工广告。上面并没有太多的招聘信息。他们多是招秘书或有经验的汽车销售员这些,我想,我应该找一份更体面的工作。

这时我在一个写着"其他"的栏目里看到一条广告。

"招聘促销代表,"上面写着,"无需经验!高强度高收益!"后面有一个本地汽车旅馆的地址。最后一行还写着:"上午十点整面试。""必须能够跟人打交道。"

"柯伦夫人,"我问,"什么是'促销代表'?"

"我也说不准,佛洛斯特。我想可能是……哦,对了,你知道城里那些站在花生店门口穿得像一枚大花生的家伙吧,向人发放花生试吃品?我想就是那样的。"

"哦。"我说。坦率地讲,我期望的工作要比这个高级一点儿。但是我琢磨着他们在广告上面写的"高收益"。此外,如果只是扮成个花生人,至少人们不会知道戏服里的人是我。

结果,并不是当花生人,而是一种完全不同的工作。

"知识!"这个人说,"世界上每一件事都要依靠知识!"

大约有八或十个人来应聘"促销代表"。我们来到这家迷你汽车旅馆,被带进一个房间,里面已经摆好一排折叠椅，地上放着电话。等了大约二十分钟后，门突然被撞开，走进来一个又高又瘦、被太阳晒得油黑的家伙，穿着一身白西装，脚上是一双白色的花花公子皮鞋。他并没有报他的名字什么的，而是径直闯进屋子，站到我们面前，给我们做了一通演说。他的头发油油的，光溜溜地梳向后面，还留了一小撮铅笔胡。

"知识！"他再次喊道，"就在这里！"

他打开一张巨大的彩色海报，开始指出印在上面的不同知识形式，也就是恐龙、船只、农场庄稼和大城市的图片。其中甚至还包括太空、火箭飞船、电视、收音机和汽车的图片，还有很多东西我连认识都不认识。

"这绝对是人生的一次机会！"他喊道，"我们要把所有这些知识送进千家万户！"

"等等，"有人问，"这跟卖百科全书有关吗？"

"当然没有。"这个人回答，好像有点儿受伤。

"哦，但是对我而言，这好像就是在卖百科全书，"一个小伙子说，"如果不是卖书，那究竟是要做什么？"

"我们不卖百科全书！"这个人明确答道，"我们把百科全书放到千家万户。"

"那不还是卖百科全书的？！"最初发问的男人喊道。

"如果是这种态度,我认为你不该待在这儿,"这个人说,"你走吧,这样其他人才听得进去。"

"该死的,那我就离开好了,"第一个男人说着走了出去,"以前我掉进陷阱卖过一次百科全书,全都是骗人的。"

"不过请记住!"穿白西装的小伙子喊道,"当这里的其他人都变得富有和出名时,你别后悔。"然后他砰的一声狠狠关上门,整个房间都震了一下,让我很担心第一个男人会再冲进来。

我们整整花了一个星期,去完成我们的"培训"阶段。培训包括学会发表很长的演讲,要一句一句地学,说我们要卖的百科全书是多么好。它们被称作《全球资讯书》!我们的指导老师就是那个穿白西装的家伙。他还是那个百科全书公司的区域销售经理,名叫特拉斯威尔先生,但是他让我们就叫他斯利姆[1]。

正如斯利姆所说,我们不是要去"卖"百科全书,我们是要把它们"放到"千家万户。实际上,这笔交易是这样:我们免费把百科全书送给人们,条件是他们签署一份协议,同意在他们的余生每年买一套最新的价值二百五十

---

[1] 斯利姆为Slim的音译,意思是"瘦子"。

美元的年鉴。通过这个办法，客户能免费得到一套百科全书，而百科全书公司能够通过卖年鉴赚得一万美元，年鉴的印刷费用是每本五美元。我可以从我签署的每一份合同里得到15%的提成。而斯利姆可以从中得5%。那么，谁会放弃像这样一个赚钱机会呢？

这天是星期一，我们开始了第一天的任务。我们被告知要穿上正装，系好领带，刮好胡子，把指甲清理得干干净净。还有，工作期间不能喝酒。我们去汽车旅馆报到，已经有一辆带拖斗的卡车停在那里等我们。斯利姆把我们像赶牲口一样赶到上面，于是我们出发了。

"现在，听好了，"斯利姆说，"你们每个人都要在一个社区跳下车。我要你们找的东西是儿童的玩具——秋千、沙箱、儿童三轮车——就是这类零碎东西。我们要把百科全书送给年轻的父母！他们购买年鉴的时间会更长。你们在社区外面是看不见儿童和儿童玩具的，别再浪费时间了。"

于是，我们照做了。每个人，包括我，都在一个社区下了车。这些社区不是多么好的社区，但斯利姆说，这就足够了，因为好社区里的人够聪明，不会中我们的计。不管怎么说，我看见了第一户有儿童秋千的人家，便走上前敲了敲门。一个女人应声打开门。我立刻一脚迈进去，就像培训时教我的那样。

"哦,女士,"我说,"您有一分钟空闲吧?"

"我看上去像吗?"她回答。她头发上夹满卷发夹子,穿着睡袍,屋里地板上的小孩发出一阵吵闹声。

"我想跟您谈谈您孩子们的未来。"我说,这也是排练好的演说的一部分。

"你为什么对我的孩子感兴趣呢?"她问,多少有点怀疑。

"他们迫切地需要知识。"我说。

"你是谁?又是那种宗教狂热分子?"她说。

"不,夫人。我来是要送给您一份免费的礼物,世界上最好的百科全书。"

"百科全书?哈,你看我像买得起百科全书的吗?"

我看出来了,但是不管怎样,我继续我的演说:"夫人,如我所说,我不是要卖给您百科全书,我是要把它们'放到'您家里。"

"你是什么意思?把书'租'给我吗?"

"完全不是,"我说,"我可以进去只说一分钟吗……"

于是她让我进了门,坐在起居室里。斯利姆告诉过我们,一旦到了这一步我们就要像在自己家里一样放松。我打开我的那套装备，按照斯利姆教的，滔滔不绝地向她解释起每一项内容。这通演说持续了足有十五分钟，她只是看着和听着。三个小孩子和小佛洛斯特差不多大，走进来在她身上乱爬。就在我滔滔不绝时，她突然涌出了眼泪。

"哦，甘先生，"她说，"我真希望我能给他们买百科全书，但是我买不起。"接着，她开始讲她的伤心事儿。她丈夫跟一个年轻的女人跑了，没给她留下一分钱。她因为加班加点干活在煎蛋时睡着了，弄坏了煎锅，于是丢掉了大厨的工作。电力公司已经断了她的电，电话公司也马上要切断电话了。她应该去做一个手术，却支付不起医药费，孩子们也只能半饥半饱。今天晚上房东就要来收五十美元的房租，如果她仍交不起，就要被赶出这座房子了。还有一连串其他的事情，但是你已经能领会个大概了。

总之，我给了她五十美元，走出了那里。天哪，她可真是可怜。

整整一天我所做的事情就是敲门。多数人连门都没让我进。大约一半的人说他们已经被其他卖百科全书的销售员光顾过了，这些人表现得最不高兴。有四五个人当我的面甩上了门。还有一个人放了一条又大又凶的狗来对付我。那天下午晚些时候，斯利姆的卡车又来把我们拉走了，我疲惫而沮丧。

"好了,你们不要为这第一天担心,"斯利姆说,"第一天总是最糟糕的。只要想一想,你们当中不管谁,只要签上一份合同,就可以成为拥有一千美元的富人。只消一份合同就可以了,我敢担保外面有的是这样的冤大头。"然后他转向我。

"阿甘,"他说,"我一直在注意你。你是个干劲十足的家伙,也很有魅力。你只需要跟行家一起练习一下!我就是那个可以给你做示范的人。明天早上,你跟我一起走!"

那天晚上回到柯伦夫人家时,我甚至一点都不想吃晚饭。我回来了,一名伟大的"促销代表",身上少了五十美元,除了鞋底更薄了、裤子上多了个洞,没有任何回报,洞是被狗咬的。

小佛洛斯特正在起居室的地板上玩,他问我去哪儿了。

"卖百科全书。"我说。

"什么样的百科全书?"他问。

于是我拿给他看。我按培训班教我的做了一遍。我发表了全套演说,打开我的文件夹,拿出所有图片,摊开百科全书和年鉴的样本。当我折腾完了,他看着其中的一本书说:"这就是一堆狗屎。"

"这是什么?"我问,"谁教你这么说话的?"

"有时候妈妈就这么说。"他回答。

"哦,这可不是一个七岁大的男孩该有的说话方式,"我说,"另外,你为什么这么说我的书呢?"

"因为事实就是这样。"他说,"看看所有这些东西。其中一半是错的。"他指着百科全书翻开的那页。"看这里,"他指着一幅写有"1956年,别克"的图片,"可这是55年的别克,"他说,"56年的没有这种翼。还有,再看这儿——"他说,"这是F-85战斗机——不是F-100!"小佛洛斯特继续指出他认为不正确的一连串东西。

"连一个笨蛋都知道这些是错的。"他说。

天啊,我差点成了笨蛋。我不知道他说的对不对,但我打算明天一早就去问问斯利姆。

"你必须在最恰当的时机吸引住他们,"斯利姆说,"恰当的时机,一般是丈夫已经出门上班,而孩子们还没有被送往学校的时候。如果你看到哪家院子里的玩具适合还没到上学年龄的孩子,就可以晚点再去这家。"

我们在一个社区下了卡车,四下转悠起来。斯利姆开始教我兜售的把戏。

"第二个最佳时机,"他说,"是肥皂剧刚结束,还没有接孩子回来的时候,或者丈夫还没下班回家的时候。"

"对了,"我说,"我正要问你件事。有人说百科全书里的一些内容是不正确的。"

"哦,真的吗?谁对你说的?"

"我不想说,问题是,这是真的吗?"

"见鬼,我怎么知道?"斯利姆说,"我又不读这些废话,我弄这些书只是让别人买。"

"但是,人们买书是为什么?"我说,"我的意思是,让人们花钱去买并不是那么回事的东西,这不公平。"

"谁在乎这个?"斯利姆回答,"没人会注意到有什么区别——另外,你不会真的认为他们会使用这些狗屎吧?他们只会把它放到书架上,可能连翻都不会翻一下。"

不管怎么说,斯利姆很快就瞄准了一家。这户人家的房子需要粉刷了,房子外面有一个旧轮胎用绳索挂在树枝上,前廊上还停着几辆小自行车。

"就是这家,"斯利姆说,"是我的直觉告诉我的。两个孩子,都在上学的年龄,我敢打赌妈妈马上就会为我翻开支票本。"

斯利姆敲了敲门,很快一个女人出现了,她的眼神有点悲伤,看上去一副倦容。斯利姆立刻提高声调。他一边滔滔不绝,一边用他的办法走进了这栋房子,等那个女人反应过来时，我们俩已经坐在了她的起居室里。

"不过我真的不再需要任何百科全书了，"她说，"看，我们已经买了《大英百科全书》《全美百科全书》，未来十年我们都要为此买单呢。"

"的确如此！"斯利姆说，"而且未来十年你都用不上它们！您瞧，这些百科全书都是给年龄更大的孩子看的——中学高年级以及上大学的学生。您却已经把它们买回来了——您的孩子还小，他们会对另一些书感兴趣的！瞧，我把它们带来了！"

斯利姆开始把全部样书拿给这位女士看，指出一共有多少图片，文字多么精练，还有比起这个女人已经购买的百科全书，它们是多么容易读懂。斯利姆推销时，这个女人还给我们端上了柠檬水，当我们离开时，斯利姆的手里果真多了一份合同。

"瞧，阿甘！这有多容易！你看，我只用二十分钟的工作就为自己赚了一千美元——就像从一个婴儿手里拿走一块糖那么容易！"

实际上，他说得不错。但我对此感觉不对劲儿。我的意思是，接下来，这个可怜的女人要拿这些百科全书做什么呢？但斯利姆说她正是他喜欢的"客户"类型。"他们相信你给他们灌进去的一派胡言乱语，"他说，"他们中的多数人在跟人谈话时，都充满感激。"

总而言之，他让我接下来开始自己对这套百科全书进行推销，既然他已经给我做出了示范，那么他希望我在今天结束以前能够卖出去一两单。

于是我按照他的示范去做了。但是直到下午很晚，我已经敲过了两打人家的门，连一次进门的机会都没有。有那么四五次，里面的人连门都不开，只是通过信箱口叫我走开。有个女人正在车道上锄杂草，知道我是来干什么的之后，就用锄头把我赶走了。

我往卡车集合点走，看到一条跟我之前一直忙活的完全不同的街道。这是一条不错的街道，带花园的房子非常漂亮，车道上停着昂贵的汽车。在这条街道的尽头，耸立着一座小山，上面那栋房子是整条街最大的——一座公馆，我猜你会这么叫它。我忍不住想，搞什么鬼！我知道斯利姆告诉过我们，这种地方的人是不会买百科全书的，但是我想去碰碰运气，于是我迈向这座公馆，按响了门铃。起初，没有人应声。我想也许家中没人。我又按了第二遍、第三遍门铃，然后就打算离开了。这时，门突然打开了。一个女人站在那里，穿着一件红色丝袍，手里夹着一根雪茄。她年纪应该比我大，但是仍旧很美，长长的褐色卷发，化着浓妆。看见我，她反反复复打量了几番，然后给了我一个大大的微笑。还没等我开口说话,她就敞开门把我请了进去。

她的名字叫霍普韦尔夫人,但是她让我叫她爱丽丝。

霍普韦尔夫人——爱丽丝——把我带进一间有着高高天花板和许多豪华家具的大屋子,问我是否想喝点什么。我点了点头,然后她说:"那么想要喝什么呢,波旁威士忌、杜松子酒,还是苏格兰威士忌?"我记得斯利姆告诉过我们上班的时候不能喝酒,于是告诉她可口可乐就好。当她拿着可口可乐回来时,我开始滔滔不绝地演讲起来。刚刚讲了一半,霍普韦尔夫人便说:"谢谢你,佛洛斯特,我听明白了,我要买。"

"什么?"我问,我几乎不相信自己的运气。

"百科全书呀,"她说,"我要买一套。"

她问我要在支票上写多少钱,我解释说不是要她真的买百科全书,而是跟我们签一份合同,余生每年都买我们的年鉴,但是她挥手打断了我。"告诉我在哪儿签字就可以了。"她说。于是我按照她说的做了。

她签字的时候,我把可口可乐一饮而尽。呸!味道很怪!这时我想,除了可乐她也许还给我倒了点别的什么,但实际上她没有,她只把那个罐子放在了桌边。

"哦，好啦，佛洛斯特，我要去换件舒服点的衣服。"霍普韦尔夫人说。

我看她挺舒服的，当然这不是我该管的事。

"好的。"我说。

"叫我爱丽丝好了。"她说，裙裾飘飘地从屋中消失了。

我坐在那里看着可口可乐，感到越来越渴。我真希望能喝点皇冠可乐什么的。不管怎样，我想她要离开好几分钟呢，就径直走向我认为是厨房的地方。我从来没见过这样的厨房！我的意思是，它比珍妮从小长大的整栋房子都大，里面装饰着瓷砖、木料、不锈钢，不同角度的灯光从天花板上照射下来。我打开冰箱，看里面是否还有别的可口可乐，也许刚才那一罐变质了。叫我惊讶的是，里面有整整五十罐同样的可口可乐，我砰的一下打开另一罐，尝了一大口。哇呜！我不得不全吐出来。那味道简直像狗屎！

唉，实际上，它尝起来并不像狗屎，不管狗屎是什么味道。它的味道更像是松节油和腊肉油脂混合在了一起，里面又放了一点糖和烈酒。我想一定是有人对霍普韦尔夫人搞了个恶作剧。

就在这时，霍普韦尔夫人走了进来。"啊，阿甘，我看你已经找到可口可乐了。我不知道你那么渴，可怜的小伙子。来，让我给你倒到杯子里。"她换上了一件粉色的小睡衣，简直遮挡不住她身上那颇为可观的一切，还穿着毛茸茸的粉色小拖鞋，我想她大概很快就要上床睡觉了。

不过现在我真的进退两难。她拿出一个像彩虹一样亮闪闪的杯子，把可口可乐倒在冰块上面。我能听见冰块在杯子里的咔嚓声，正不知道怎样才能喝下去时，霍普韦尔夫人说她要去"冲洗一下"，很快就回来。我正要把可口可乐倒掉，突然想到一个主意。或许我可以把它改进一下。我想起在大学的时候，有一次想喝酸橙汁——哪怕只尝上一口，但是当时没有酸橙，不过我妈妈给我寄了一些桃子，于是我用袜子挤压桃子做成了桃汁。现在，尽管这些可乐实在糟糕，但是我想还是可以挽救一下，因为我的舌头已经干燥得像脚指头，我快要渴死了。其实我可以给自己找一点水，但这时候，我的脑海里全是可口可乐。

这户人家有一间大储藏室，里面有上百个各式各样、各种型号的瓶瓶罐罐，一个写着莳萝，另一个写着辣椒酱，另一个又写着龙蒿醋。这里还有一些装着其他物品的坛子和小盒子。我找到一些橄榄油，我想可以去除腊肉油脂味，还有一罐巧克力酱，可以消除松节油的味道。我把二三十种东西混合起来，倒进台子上的一个碗里，然后用手指把它们搅拌均匀，又盛出两勺加入装可口可乐的杯子。一瞬间，这些东西沸腾起来，发出一阵嘶嘶声，好像要爆炸一样。但是我把它们跟冰块搅拌到一起，越搅拌它们看起来就越棒，搅了几分钟之后，它们又恢复了可口可乐的样子。

就在这时，我开始感觉自己像沙漠淘金者一样在太阳的烘焙下干渴欲死，于是举起杯子一饮而尽。这次，它的味道非常不错，应该说它的味道不是可口可乐，也不是狗屎。实际上，它非常棒，我给自己又做了一杯。

就在这时，霍普韦尔夫人返回了厨房。

"哈，佛洛斯特，"她说，"那可口可乐喝起来怎么样？"

"非常棒，"我告诉她，"实际上，我还要再喝一点，你要不要来一点？"

"哦，谢谢你，谢谢你佛洛斯特，但是，不了。"她说。

"为什么不呢？"我问，"你不口渴吗？"

"怎么不渴，实际上，"她说，"我想来一点其他东西助兴。"她转身给自己倒了半杯杜松子酒，又加进一些橙汁。

"你瞧，"她说，"我总是奇怪为什么有人能喝下那种垃圾。实际上，我丈夫就是发明它的人。他们想把它叫

'新可乐'。"

"是吗?"我说,"它的味道的确跟旧的不一样。"

"你真这么想吗,小鬼?我一辈子都没喝过这么讨厌的东西。尝起来有点像——该死,我说不出——有点像松节油什么的。"

"是的,"我说,"我也这么觉得。"

"是亚特兰大可口可乐公司他的那些老板们异想天开出的蠢玩意儿。'新可乐',去死吧,"她说,"他们总是拿着一样东西折腾来折腾去,想找出一个新卖点。要我说,这就是一堆没用的垃圾。"

"真的吗?"我说。

"那当然。实际上你是第一个把一整杯喝下去又没吐出来的人。你知道吗?我丈夫是可口可乐公司的副总裁——负责研发的。细说起来,就是一些研究—— 一些开发——"

"哦,如果你放一点别的东西在里面,它可一点都不差劲,"我说,"来尝一点吧。"

"不差劲?哦,那可不关我的事儿。瞧,"她说,"我可不是让你在这儿讨论我丈夫那个愚蠢计划的。我买了你那讨厌的百科全书,或者不管是什么吧,现在,我也要你帮个忙。今天下午本来有一个按摩师要来,可是他没出现,你知道怎么做背部按摩吧?"

"啊?"

"背部按摩——你知道,我躺下来,你给我做一个按摩。你对关于世界知识的书那么在行,应该知道怎么给一个人的背部做按摩,对吧?我想就是一个傻瓜也能想出该怎么做。"

"哦,好吧……"

"听着,小鬼,"她说,"拿上那讨厌的可乐跟我一起过来。"

她带我走进一个房间,四面墙上全是镜子,中间有一张大大的突起的旧床。天花板里的扬声器正在播放音乐,床边安放着一面巨大的中国锣。

霍普韦尔夫人上了床,脱掉小拖鞋和睡衣,把一条大毛巾搭在她的下半身上,然后俯卧在那里。她做这一切的时候,我努力不去看她,但因为四面的墙上都是镜子,很难做到这一点。

"好啦,"她说,"开始按摩吧。"

我来到她身边,开始给她按摩肩膀。她开始发出微微的哦啊的声音。我越按下去,这声音就越响。"往下,往下!"霍普韦尔夫人说。我就按得更往下一些,结果就越按越低!最后,到了确实非常棘手的地步。实际上,我现在已经按到了毛巾边上。这时她开始喘息，然后伸出手去敲了一下那面中国锣！整个房间都在震动，镜子好像都要从墙上掉下来了。

"上来，阿甘！"她呻吟着。

"上哪去？"我问。

"快上来！"她尖叫着，"快呀！"

这时候，我突然想起了珍妮，还有一连串其他的事情，霍普韦尔夫人一边紧紧地抓住我，一边在床上喘息，糟糕，马上就要失控了。这时，没有任何先兆，镜屋的门砰的一声打开了，一个小个子男人站在门口，西装，领带，金丝边眼镜，看上去有点像个德国纳粹。

"爱丽丝，"他叫喊着，"我想我已经找到办法啦！要是我们把一些钢丝绒碎屑放进食品配方里，尝起来就会特别像松节油的味道！"

"天啊，上帝，阿尔弗雷德！"霍普韦尔夫人喊道，"你在这个时候回家做什么？"她已经跳起身，正在努力把毛巾往上拉，这样可以使她看上去体面一些。

"我的研究员，"这个男人喊道，"已经找到配方了！"

"配方！做什么的配方？"霍普韦尔夫人问。

"'新可乐'的配方呀，"男人说着，大步走进房间，就好像我根本不存在一样，"我想我们已经找到办法来让人们喝它了。"

"哦，看在上帝的分儿上，阿尔弗雷德，谁乐意去喝那种垃圾呢？"霍普韦尔夫人看上去似乎马上就要哭了。她现在除了那条毛巾一丝不挂，正竭力用它把自己从头到脚都遮住。毛巾不管用，她就去抓她的睡衣，睡衣在地板上，但是每次她伸手去够，毛巾都会掉下来。我努力转开头不看她，但那些镜子里没有别的东西。

就在这时，阿尔弗雷德，我猜这是他的名字，注意到了我。

"你是按摩师吗？"他问。

"算是吧。"我说。

"那是你的可口可乐？"

"是呀。"

"你喝过了？"

"嗯。"

"不是狗屎？"

我点了点头。我其实不知道该说什么，因为这是他的新发明。

"这么说它的味道尝起来并不可怕？"他的眼睛睁得有松饼那么大。

"现在不了,"我说,"我调了一下。"

"调?怎么调的?"

"我往里面放了些从厨房找到的东西。"

"让我看看。"他说。他拿起杯子,举到灯光下检查了一番,就像一个人正在检查实验室广口瓶里的某种讨厌的东西。然后他呷了一小口,眼睛眯了起来。他瞧了瞧我,又瞧了瞧霍普韦尔夫人,然后猛地吞下一大口。

"上帝啊,"他说,"这狗屎味道一点不坏呀!"

他又喝了一些,脸上出现真正的惊讶神情,就好像看到了一幅美景。

"你调出了这个?"他问道,"活见鬼,你到底是怎么调的?"

"我往里面放了些从储藏室找到的东西。"我说。

"你?一个按摩师?"

"他其实不是按摩师。"霍普韦尔夫人说。

"不是?那他是什么?"

"我是一名百科全书推销员。"我说。

"百科全书?——啊哈,"阿尔弗雷德说,"那么你在这儿做什么,跟我的妻子一起?"

"说来话长。"我对他说。

"好吧,这无关紧要,"他说,"我们稍后再说,你这该死的到底对这可口可乐做了什么？告诉我！上帝啊，快告诉我！"

"实际上，我没做什么，"我说，"就好像……好吧，是这样，一开始它尝起来不怎么样，于是我想应该对它做一些补救，你懂吧？"

"尝起来不怎么样！哎呀，你这傻瓜，是尝起来像狗屎啊！你以为我不知道吗？你让它至少能喝下去了。你知道像这样的东西值多少钱吗？几百万美元！几十亿美元！马上跟我过来，好好想一想，你究竟放了些什么进去——对了，还有你叫什么名字？"

"阿甘，"我说，"佛洛斯特·甘。"

"好吧，阿甘——跟我来吧——我们慢慢来，给我示范一下你对这玩意儿做了什么，你到底往里面加了什么。"

于是，我按照他说的去做了，只是我无法记起每一样东西。我倒出一些小瓶小罐里的东西，又做了一遍。但是我再也不能做得跟上次完全一样了。我一遍遍试了又试，大概得有五十次，直到时间已过午夜，但是每一次老阿尔弗雷德都吐到了水槽里，说跟第一次做的不一样。同时，霍普韦尔夫人也已经喝了二十杯杜松子酒加橙汁。

"你们这两个傻瓜，"她又说了一遍，"那种垃圾没办法变好的。我们为什么不一起躺到床上，看看会发生什么？"

"闭嘴，爱丽丝，"阿尔弗雷德说，"你没看到这是千载难逢的好机会吗！"

"我刚刚建议的才是千载难逢的好机会。"霍普韦尔夫人说着转身回到她的镜屋，又开始敲她的锣。最后，阿尔弗雷德靠在了冰箱上，双手抱着头。

"阿甘，"他说，"简直不敢相信，你把我从失败的悬崖上救了回来，结果又抛了回去。但是我还没有彻底完蛋。我要打电话让警察来把这间厨房封上。明天就让全体人员来这儿，把每一件你可能放进去的东西都包好，用船运回亚特兰大。"

"亚特兰大？"我问。

"用屁股想都知道，阿甘。而其中最有价值的东西就是你。"

"我？"我问。

"一点不错，阿甘。你这大蠢蛋要来我们在亚特兰大的实验室，把这玩意儿给调好。想想吧，阿甘，今天是亚特兰大，明天就是全世界！"

我离开时，霍普韦尔夫人从窗户里朝我微笑，想到在这里发生的一切，我感觉前方麻烦重重。

3

无论如何,那天夜里我回了柯伦夫人家。我给待在汽车旅馆的斯利姆打电话,告诉他以后我不再把百科全书放到千家万户了。

"好啊,阿甘,这就是你对我一番好意的回报!"他说,"你从背后捅了我一刀!我早该知道的。"他用一连串好不到哪里去的其他脏话结束了谈话,然后挂断了电话。不管怎么说,我至少了结了这桩事情。

我处理这些事时,小佛洛斯特当然已经在卧室里睡熟很久了。柯伦夫人问我接下来要做什么,我告诉她我已经辞掉了卖百科全书的工作,马上要去亚特兰大帮阿尔弗雷德制作新可乐。我想我应该做这份工作,因为有大钱可赚,而抚养小佛洛斯特必须有大笔的钱做后盾。她同意我的想法,但是她说我在走之前应该跟小佛洛斯特谈一谈,既然他的父母都已经死了，我该解释清楚我是谁。我问她，由她来解释这件事是不是更好，但是她说不。

"佛洛斯特，我相信一个人总有一天应该承担起他的责任，现在是时候了。也许不那么容易，但你必须去做。还有，你必须把它做好，因为这会给他带来持久的影响。"

关于这一点，我知道柯伦夫人说得对，但是我真的不愿去做这件事。

第二天早上，天一亮我就起了床，柯伦夫人给我做了麦片粥，又帮我把行李收拾好。阿尔弗雷德说他要在九点整开车来接我，所以我现在必须处理小佛洛斯特的事了。他吃完早饭后，我把他叫到了前廊上。

"我必须离开一段时间，"我说，"有一些事情，在我走之前，你最好知道。"

"什么事？"他说。

"呃，首先，我不知道我要离开多久，这段时间你要好好对柯伦夫人。"

"她是我外婆，我一直都对她很好。"小佛洛斯特说。

"我还要你在学校里好好表现，不要惹什么麻烦，好吗？"

他皱起眉头，有点儿好笑地看着我。

"啧啧，你又不是我爸爸，为什么要跟我说这些？"

"我想，这正是我要告诉你的，"我说，"你瞧，我是你爸爸。"

"不，你不是！"他喊道，"我爸爸在家里生病呢。他病一好就会来接我的。"

"这是我要告诉你的另外一件事，"我说，"你爸爸的病不会好了，佛洛斯特，他现在跟你妈妈在一起，你明白吗？"

"他没有！"佛洛斯特说，"外婆说他很快就会来接我，说不定马上就来了。"

"呃，你外婆说错了，"我说，"你瞧，他跟你妈妈一样生了病，而且没有治好，所以现在我必须来照顾你。"

"你！——不是这样的！我爸爸会来的！"

"佛洛斯特，"我说，"现在，你必须听我说，我并不想告诉你这些，但是我不得不这么做。你瞧，我是你真正的爸爸。你妈妈在很久以前告诉了我。但是你一直跟他们生活在一起——而我，就像一个流浪汉什么的，所以你跟他们待在一起更好。但是，你看，他们现在都不在了，除了我没人能再照顾你。"

"你说谎！"他喊道，开始用小拳头打我。然后他开始哭起来。我知道他会哭，这是我第一次看见他哭，但是我想现在哭一场对他更好——尽管我并不认为他真的懂了。我宁愿做点别的什么。

"佛洛斯特告诉你的是真的，孩子。"整个过程中，柯伦夫人都站在门口。她来到前廊，把小男孩抱到她的膝盖上。

"我不想自己跟你说，"她说，"所以我让佛洛斯特告诉你。我本来该早点告诉你的，可是我做不到。"

"这不是真的，这不是真的！"他叫喊着，开始又踢又闹，"你们是骗子，你们都是骗子！"

正在这时，一辆巨大的黑色汽车停在了门前，阿尔弗雷德跳下来，招手叫我上车。我看到霍普韦尔夫人从后座车窗露出脸，对我露齿一笑。

于是我拿起行李顺着人行道朝汽车走去，在我身后，我唯一能听到的是小佛洛斯特的尖叫声："骗子，骗子，骗子！"如果这就是柯伦夫人所说的，告诉小佛洛斯特真相，会给他带来"持久的影响"，那么我当然希望她说得不准。

总之，我们前往亚特兰大，霍普韦尔夫人一直把手放在我的大腿之类的地方，而老阿尔弗雷德则不停地浏览报纸和书籍，不断地自言自语。当我们到达可口可乐总部时，一大群人围在那里欢迎我们。我一走进去，每个人都拉着我的手晃来晃去，还拍我的后背。

他们带着我穿过一条长长的走廊，走到一扇写着"实验研究室，顶级机密，闲人免进"的门前。我一进去差点昏倒！他们搭建起了一个跟霍普韦尔夫人家的一模一样的厨房，就连我喝可口可乐那半满的杯子都丝毫不差。

"每样东西都准备好了，阿甘，跟莫比尔一模一样，"阿尔弗雷德说，"现在，我们想让你做的，就是你在那儿调可乐时所做的事。回想一下你的每一个步骤，一定要好好想一想，因为整个公司的命运可能都要取决于它。"

对我而言，这担子担得有点不合理。毕竟，我除了试着给自己调一点儿喝的之外没干别的。总之，他们叫我穿上一件白色旧工作服，就像基尔代尔医生[1]或什么人那样，于是我开始做实验了。首先我拿来一罐"新可乐"，把它倒进放了冰块的杯子里。我尝了尝，就像在霍普韦尔夫人家做的那样，它的味道还是像狗屎什么的。

于是我走进储藏室，里面的架子上摆放着各种各样的东西。事实是，我无法确切地想起在可口可乐里加了什么使它得到了改善。但无论如何我还是继续了下去，开始调

---

[1] 基尔代尔医生（Dr.Kildare），二十世纪三四十年代美国系列电影里的人物，后又推出以其为主角的系列电视剧、广播剧和漫画。

这鬼东西。整个过程中,有四五个家伙一直跟在我身后,把我做过什么全都记录了下来。

首先我抓了一点丁香,还有一撮塔塔粉,接着我放进些乐啤露萃取物、嫩肉粉、爆米花奶酪调料,又加进些黑糖蜜和煮蟹汁。然后,我打开一罐辣肉酱,撇去漂在上面的橘色油脂,然后把它也倒了进去。之后我又另外放进去一点小苏打。

最后,就像在霍普韦尔夫人家做的那样,我把所有东西用手指搅拌,然后尝了一大口。每个人都屏住呼吸看着我,几乎要把眼珠都瞪出来了。我把那玩意儿在嘴里含了大概一秒,然后不假思索地说了声"啊呸"。

"怎么了?"一个家伙问道。

"你难道看不出他不喜欢这玩意儿吗?"另一个说。

"嗨,让我尝尝。"阿尔弗雷德说。

他喝了一口,立刻吐到地板上。"天哪,这狗屎比我们原来做的东西还难喝。"

"霍普韦尔先生,"一个小伙子说,"你吐到地板上了。阿甘是吐到水槽里的。这样我们就无法掌控实验了。"

"哦,是的,好吧。"阿尔弗雷德说,他俯到地板上用手帕擦干净可乐,"不过他吐到哪里对我来说并不重要。阿甘,重要的是,我们必须从头再来。"

于是我们再次开始。整整一个白天和大半个晚上，我们都在忙活。有一次我完全糊涂了，想到大蒜粉或许可以去一去最明显的松节油味，却误把半瓶盐当作大蒜粉倒了进去。然后我喝了下去，差点没发疯，就像救生艇里的人灌了满口海水一样。最后阿尔弗雷德开口了，他说："好吧，我想今天可以到此结束了，但是明天一早我们就得回到这里，对吗，阿甘？"

"我也这么想。"我说。其实我想的是，这么干下去一点希望也没有。

下一天，下一个星期，下一个月，我一直在努力调试可口可乐，但是都没用。我往里面放了辣椒粉、西班牙番红花，还有香草精。我使用了孜然、食用色素、甜胡椒，乃至味精。到这时候，那些跟着我的家伙已经记录了五百页，每个人都让其他人心烦意乱。与此同时，晚上我会回到我们一起租住的酒店大套房，而霍普韦尔夫人百分之百会出现在那里，无所事事地闲逛。有几次她请求我为她做背部按摩，我给她做了，但是当她请求我为她做正面按摩时，我就拒绝了。

我开始觉得所有这些事情都是徒劳无功的。他们给我吃的，给我栖身之地，但我始终没看到钱，而那才是我待在这里的原因——我要抚养小佛洛斯特。一天夜里,我躺在床上,不知道接下来自己要做什么。我开始回忆珍妮,还有一些过去的美好时光。就在这时候,突然间,我看见珍妮的脸出现在我面前,就像那天在墓园一样。

"瞧,你这个傻子,"她说,"你难道不能自己解决这个问题吗?"

"你的意思是——"我问。

"你永远都不可能让那东西尝起来是对的。你第一次做出来的只是一个偶然。"

"好吧,那我应该做什么呢?"我问。

"放弃!离开!在为了一件毫无希望的事情而浪费掉余生前给自己找一份真正的工作!"

"呃,我该怎么做呢?"我问,"我是说,这些人都指望着我呢。他们说,要想让可口可乐公司免于破产,我是唯一的希望。"

"别管他们,佛洛斯特。他们不关心你的死活。他们只想挽救他们的工作,把你当傻瓜一样利用。"

"呃,好吧,谢谢。"我说,"我猜你是对的。你总是对的。"

然后她就消失了,又只留下我一个人。

第二天早上，阿尔弗雷德破晓时便来叫我。我起了床。进入实验厨房后，我又一次重复了让可乐变好的步骤。当这一天过到一半时，我又调出了一批某种狗屎，但是这一次，当我把它喝下去时，我没有叫"啊呸！"然后把它吐出来。我咧嘴笑了，说"啊哈！"然后又喝了一口。

"什么意思？"一个家伙叫道，"他感觉不错！"

"我想我搞定了。"我说。

"赞美上帝！"阿尔弗雷德拍着额头说。

"给我喝点。"另一个家伙叫道。他呷了一口，然后在嘴里卷来卷去。

"嘿，这东西不坏啊！"他说。

"让我尝尝。"阿尔弗雷德说。他喝了一大口，脸上出现了非常滑稽的表情，就好像在体验一次非凡的冒险。

"啊——太棒了！"他说。

"让我也尝尝。"另一个家伙说。

"不，该死的，不能再喝了，"阿尔弗雷德说，"我们要留着这狗屎做化学分析。这杯子里的东西可价值几十个亿呢！你听见了吗，几十个亿！"他冲出去叫来两名全副武装的保安，叫他们把这个可乐杯子拿到地下室，用他们的生命保卫它。

"阿甘，你做到了！"他叫喊着，用拳头猛捶着膝盖，脸兴奋得发红，活像小牛肉。其他家伙也握紧拳头，上蹦下跳，又喊又叫。就在这时，实验厨房的门被撞开了，一个灰白头发的高个子男人站在门口，穿着一身深蓝色西装，看起来不同凡响。

"你们这是在做什么？"他问道。

"先生，我们创造了奇迹！"阿尔弗雷德喊道，"阿甘，这位是董事会主席，可口可乐公司的执行总裁——去跟他握个手。"

"什么奇迹？"这个家伙问。

"这位阿甘让新可乐变得好喝了！"阿尔弗雷德回答。

"真的吗？你是怎么做到的？"他问。

"我不知道，"我说，"我想只是运气。"

不管怎样，几天之后，可口可乐公司在亚特兰大总部举办了一场盛大的预售品尝会，邀请了包括报社记者、政界要人、社会人士、股东，以及其他精英人士在内的大约五千人出席，甚至还包括五百名全城各校的小学生。在大厦的外面，天空下，大型聚光灯纵横交错，那些未受到邀请的人站在绳索后面，向受邀者挥手致敬。大多数出席者都身穿燕尾服和宴会礼服，他们都是有钱人。正当他们彼此简短地交谈时，舞台上的幕布突然拉开了，我和阿尔弗雷德还有霍普韦尔夫人以及可口可乐公司的总裁站在台上。

"女士们，先生们，"总裁说，"我现在有重要的事情宣布。"每个人都立刻安静下来，直直地望着我们。

"可口可乐公司现在骄傲地宣布，一款新的产品马上就要上市了，这将让我们的事业再度辉煌。诸位都知道，可口可乐公司已经运营了七十多年，从来都没改变过产品配方，因为我们知道每个人都喜欢可口可乐。但是，现在是二十世纪八十年代，情况变了。有时候每个人都需要改变。通用汽车每隔三四年就会有所变动。政要人物也是如此。而服装，人们一年就会变上一两次……"

他说到最后一句时，下面的观众群中传出一阵低语。

"我的意思是，"总裁继续说，"服装设计师有条不紊地更替着他们的产品——只要看看他们赚的钱就知道了！"

他故意停顿了一下，然后继续说："所以，我们可口可乐公司在这里，也决定抛开历史悠久的传统配方，努力去尝试不同的东西！我们将这种新产品叫'新可乐'，在此，我们必须对一位年轻的科学家表示感谢，他就是佛洛斯特·甘，是他发明了这款令人震惊的产品！现在，在诸位的桌子前，我们的服务人员正在分发瓶装或罐装的新可乐供您品尝，但首先，让我们欢迎它的发明者来讲几句。女士们、先生们，这位就是阿甘！"

他带我走到了发言人的席位，我目瞪口呆。我吓坏了，只想着"我要尿尿"，但是这一次我不会说出口。绝对不会。所以我只说了句，"我希望它的味道不错"，然后就从话筒前返回原来的位置。

"多么了不起！"当掌声平息下来时，总裁喊道，"现在，就让我们开始品尝吧！"

整个观众席都传来启开瓶子和罐子的砰砰声、咝咝声，然后你可以看到人们在喝新可口可乐。起初是一些噢噢、啊哈的声音，一些人彼此看一眼，点点头。但是后来，一个被邀请来的小孩发出了一声叫喊："啊呸，这狗屎太恶心了！"然后他把可乐吐了出来。之后，其他小孩也这么做了，一时间，似乎所有人都把新可乐吐到了地上，开始作呕或谩骂。有人甚至把可乐吐在了别人身上，这引起了观众席上的骚乱，突然好像有人打起架来。很快，人们把新可乐的瓶瓶罐罐扔向我们，互相扔，你可以看见各种各样的拳打脚踢，桌子也被掀了个底朝天。几位女士的裙子被扯掉了，她们尖叫着跑到了室外的夜色里。相机闪光灯此起彼伏，电视台的人也在抓拍着这场面。我和总裁以及阿尔弗雷德还有霍普韦尔夫人站在台上，躲闪着瓶子和罐子，有点被吓蒙了。有人喊道："快报警！"但是我看了一眼人群，警察自己好像也在闹事的人群中。

稍后，整个骚乱涌向了外面的马路，我听到尖锐的鸣笛声。总裁和我以及阿尔弗雷德还有霍普韦尔夫人夺路而逃，但又被卷回了人群，没多久，霍普韦尔夫人的裙子就被扯掉了。我们身上被泼满了该死的可乐，还有纸杯蛋糕和月亮派，这都是可口可乐公司体贴周到地随新可乐一起发放的。有人高喊亚特兰大市市长已经宣布进入"警备状态"，因为出现了一场骚乱，在骚乱结束之前，他们砸烂了桃树街上所有的窗户，抢劫了大部分商店，现在，有几个人正在放火烧房子。

我们几个人战战兢兢地站在可口可乐总部外面的雨篷下，这时有人认出了我，喊道："他在那儿呢！"还没等我反应过来，就有上千人跑过来追我和总裁以及阿尔费雷德，还有霍普韦尔夫人，现在霍普韦尔夫人浑身只剩下了底裤！我没时间多想！我开始没命地飞奔，穿过州际公路，爬上山，沿着人行道奔跑，不断有石头和瓶子落到我身边。见鬼，我好像以前就有过这样的经历。不管怎样，我甩开了这群匪徒，这是我的长项，但是无论如何我都要说：这一次可真是受惊不小！

很快，我发现自己来到一条不知通往哪里的双车道高速公路上,这时一对车灯闪现出来,我竖起大拇指。车灯停下来,我定睛一看,是辆小卡车。我问司机要去哪里,他说:"往北,去西弗吉尼亚。"但是如果要搭车,我必须坐到后面,因为前面已经有一位乘客了。我看了看前面的乘客,该死,一头肥硕的小母猪,重量足有四百磅,正在那里打着呼噜,喘着气。

"这是一头已经登了记的波中猪[1],"这个人说,"名字叫葛特鲁德,有一天它会叫我发财致富的,所以它得坐在驾驶室里。但是你可以到后面找个铺位。其他猪只是些普通猪。也许它们会拱你,但那不碍事。"

不管怎样,我爬上卡车,我们出发了。大约有一打猪跟我待在一起,它们不停地发出呼噜声、尖叫声、哼哼声,过了一会儿,它们平静下来,给我腾出一些空间。很快,天下起雨来。我想我的运气可真是时好时坏呀。

第二天早上日出时分,我搭乘的车在一个卡车停车场停了下来,司机跳下来走到后车厢。

"嘿,"他说,"你睡得好吧?"

"很好。"我说。这时我正躺在一头足有我两倍大的猪底下,但这样至少能叫我暖和一些。

---

[1] 波中猪(Poland China Swine),美国产的一种黑白相间的肉猪。

"我们进去喝杯咖啡，吃点东西吧，"他说，"对了，顺便告诉你，我叫麦克吉沃。"

餐馆门口有个报箱，里面有一份《亚特兰大宪章报》，头版头条的标题写着：**傻瓜自诩发明家，引发城市骚乱。**

内容如下：

> 一名曾为阿拉巴马州百科全书推销员的男子，声称知道可口可乐公司的一个新配方，昨日他的骗局在数千名本市最杰出的公民面前被揭穿，遂引发了亚特兰大有史以来最大的暴力骚乱事件。
>
> 事件大约发生在当晚七点，当时佛洛斯特·甘这个到处流动的补锅匠和假工具书贩子，被可口可乐公司的总裁作为国民最喜爱的软饮料的新款发明者介绍给公众。
>
> 目击者说，这种新的调和物一被发给与会者品尝，就马上引发了所有在场者的强烈反应，其中包括市长和他的夫人，以及各位市政要员及其配偶，还有各位商界要人。
>
> 警方将当时的混战场面称为"失控"，并讲述了亚特兰大最时尚的市民所遭受的可怕踩踏，比如妇女

的礼服和裙子被扯掉,打架斗殴,乱丢东西等。

之后,事件蔓延到大街上,发展成一场骚乱,并在高档社区造成更广泛的破坏。一位不愿透露名字的来自高档社区的消息提供者说:"这是自一九六四年李斯特·玛多克斯在其餐厅用斧子砍人以来,我见过的最糟糕的事件。"

目前对犯罪者阿甘的情况所知甚少,有目击者称暴动开始后不久他就逃离了现场。有消息提供者声称,阿甘应该有四十多岁,曾是阿拉巴马大学橄榄球队队员。

一位匿名的佐治亚理工学院助理橄榄球教练回忆说:"是的,我还记得阿甘这个人。不太聪明,但是跑得的确很快。"

警方已经开始全面通缉阿甘,总部设在本市的可口可乐公司也发出一百万美元的悬赏,要求捉拿阿甘归案,无论死活……

不管怎样,我把报纸藏了起来。我们一起走进餐厅,坐下来,麦克吉沃先生开始给我讲他在西弗吉尼亚经营的农场。

"我的农场现在还不是很大,"他说,"但是有一天，我会成为全世界最大的养猪户。"

"真的吗？"我说，"那很好呀。"

"很好？——很好个屁，阿甘。那可是一门肮脏、低贱、难闻的生意，但有钱可赚，可以'给家里带回面包'，还有别的好处。你只需要灵活一点。养猪不需要干太多活儿，但是得应付其他一些问题。"

"比如说什么问题？"我问。

"你看，比如一个问题就是，科尔维尔，就是我的农场所在的那个小镇，当地的人会抱怨我养猪带来的气味。好吧，现在我承认猪有臭味，但这是没办法的事，阿甘。生意就是生意。我养了一千头猪，它们每天吃了拉，拉了吃，味道能好吗？我已经习惯它们的臭味了，为什么他们就不能习惯呢？"

他就这样谈了一阵他的农场，然后问起我的情况。

"嘿，"他说，"昨天晚上你没被卷进亚特兰大那场骚乱吧？好像是发生了某种暴乱。"

"哦，算是没卷进去。"我说，我想我多少是在扯谎，但是我现在不想再卷进那件事。

"你打算去哪儿呢？"麦克吉沃先生问我。

"我也不知道。"我说，"我得去什么地方找份工作。"

"你是干哪一行的,阿甘?"他问。

"哦,"我说,"我猜你会说我做过很多事。现在,我只想做点脚踏实地的事。"

"好,那你为什么不来为我工作一段时间呢?农场要做的事可多了。"

于是我就这么做了。

4

在接下来的一两年里,我了解了很多关于养猪业的事,任何有需要或者有权利了解养猪业的人,懂的都不如我多。

麦克吉沃先生养的猪各种各样:大型的波中猪,登过记的汉普郡猪,曼格莱特兹猪,杜洛克猪,伯克夏猪,塔姆沃思猪,还有柴郡猪。他甚至还养了几只美利奴羊,这些羊样子有些滑稽,但是麦克吉沃先生说他养它们就是因为它们"看起来好看"。

我很快就弄懂了,我的工作就是什么都做。我要在早上和下午把猪放出来,然后拿着一把铲子到处铲,尽可能收集猪粪,麦克吉沃先生要把这些猪粪卖给种庄稼的农夫当肥料。我要修补篱笆,尽量把猪圈打扫干净。大约每过一个月的样子,我要把麦克吉沃先生想卖的猪装上卡车,然后把它们拉到威林或什么地方的集市卖掉。

有一次,我去参加一场猪拍卖会,返回途中突然想到一个很棒的主意。当时我正开车经过郊区一个大型军事基地,突然想到那里一定会剩下很多饭菜,而这对我们可能会有用。我的意思是,很久以前,我也在军队里服役,因为总是惹麻烦,所以曾做过很长一段时间炊事兵。我记得的一件事是,食堂里会剩下许多饭菜,需要扔到垃圾桶里,所以突然想到或许我们可以用这些饭菜喂猪。因为猪食很贵,而麦克吉沃先生说这是他不能快速扩大猪场的主要原因。于是我就在军事基地停下车,想见一见负责人。他们把我带进一间小办公室,我看到办公桌后面坐着一个又高又黑的家伙,他转过身后,我发现原来是克兰兹中士,在越南时曾经跟我是同一个连队的。他瞧了瞧我,然后差点跳起来!

"老天啊,我的上帝!是你吗,阿甘?该死的,什么风把你给吹来了?"

我告诉了他事情的原委,他哈哈大笑,笑得差点背过气去。

"啊,活见鬼,猪倌!阿甘,就凭你的资历——国会荣誉奖章获得者,还有等等等等——你现在应该是一名将军了——或者至少是个军士长,像我一样!把食堂的剩饭当猪食，为什么——嘿，为什么不呢？嗨，阿甘，你先去见见管食堂的士兵长吧。告诉他，就说我说的，把你要的垃圾都给你。"然后我们谈起了以前的战争岁月，谈到了布巴、丹中尉，还有其他一些伙伴。我给他讲了我在中国的乒乓外交，还有怎么和国家航空航天局的人扯到了一起，又怎么开始了养虾生意，又怎样为新奥尔良圣人队打橄榄球。他说这一切听起来都非常古怪，但是管它呢，人各有志。至于他，他说，他在部队里待了快三十年，退伍后他要开办一个沙龙，禁止普通老百姓进入，连美国总统也不可以。最后克兰兹中士拍着我的肩膀把我送上了归程，当我给猪载着满满一车泔水回到农场时，麦克吉沃先生乐得忘乎所以。

"该死的，阿甘，"他喊道，"这真是我听过的最棒的主意！为什么我自己就没有想到？！有了这些军队里的剩饭菜，不出几个月我就可以把规模扩大两倍了——不，该死，是四倍！"

麦克吉沃先生太高兴了，给我每小时提高了五十美分的工钱，还让我星期天休息。这样我就可以利用星期天到镇上或什么地方转转了。科尔维尔总共也没多大。这里大约有几千人，大多失了业，因为这个靠煤矿建起来的小镇煤层已经被挖空。煤矿的入口是一座山侧面的大洞，现在这个洞俯瞰着全镇。许多人坐在政府广场下象棋。那里有一个叫埃塔之家的小餐馆,有些老矿工会去那里喝咖啡,有时候我也去那里喝咖啡,在旁边听他们讲煤矿开着那会儿的故事。说实话,听着有些沮丧,但是总比一直在猪场转悠感觉好一点。

同时,把军队食堂的泔水带回猪场,也成了我的一项工作。泔水带回来后的第一件事,就是把猪食和其他破烂分开,比如餐巾纸、纸袋、盒子、罐子这类东西。不过,克兰兹中士想出一个好办法。他让所有营房里的勤务员把垃圾分类存放,往垃圾箱上贴上"可食用垃圾"和"不可食用垃圾"的标签。这办法很管用,直到有一天一些士兵的父母到军事基地参观,向将军抱怨他们的儿子吃这些烂东西。那之后,我们想出了新的标记,还是很管用的。局面越来越好,几个月后麦克吉沃先生不得不购买了两辆新卡车,就为了往我们农场运送垃圾。一年之后,我们有了七千零八十一头猪。

一天,我接到一封柯伦夫人的来信。她说,马上就要到夏天了,让小佛洛斯特跟我一起过一段时间,也许是个好主意。她没有在信中明确说原因,但是我感到了压力,小佛洛斯特也许表现得不好。他已经到了"男孩到底是男孩"的年龄,她还补充说,他在学校里的成绩不如以前好,"如果能跟爸爸在一起待上一阵,或许会有帮助"。我给她写了回信,让她在小佛洛斯特放假时,把他送上火车。于是几个星期后,他抵达了科尔维尔火车站。

第一眼看见他时,我几乎不敢相信!他长高了一英尺半,变成了一个好看的大男孩。他沙褐色的头发,清澈的蓝眼睛,都像他妈妈。但是看到我时,他并没有微笑。

"你怎么样?"我问。

"这是什么地方?"他问。他向四周看看,抽了抽鼻子,就好像到了一个垃圾场。

"这是我现在生活的地方。"我告诉他。

"是吗?"他说。

我感觉小佛洛斯特已经有了自己的观点。

"这里原来是一个煤矿,"我说,"后来倒闭了。"

"外婆说你现在是个农夫——是吗?"

"可以说是。你想去农场看看吗?"

"也行,"他说,"我看没有什么必要留在这里。"

于是我带他来到麦克吉沃先生的农场。还差半里路时,小佛洛斯特就捂住了鼻子,扇着风。"这是什么味儿?"他问。

"是猪。我们在农场养的就是猪。"

"狗屁,你指望我一个夏天就跟臭气熏天的猪待在一块吗?"

"瞧,"我说,"我知道,对于你来说,我不是个好爸爸,但是我在努力让我们渡过难关。这份工作是我现在唯一能找到的。还有我必须告诉你,你现在这个年纪,不能用'狗屁'这样的词儿,明白了吗?"

接下来的路上,他没再说话。我们到了麦克吉沃先生家之后,小佛洛斯特走进给他安排好的房间,关上了门。直到晚饭的时候,他才走出来,但只是坐在桌边,摆弄着饭菜。在他去睡觉后,麦克吉沃先生点起了烟斗,说:"这孩子好像不太高兴呀,是不是?"

"我估计是,"我说,"但是我想过一两天他熟悉了这里,就会好的。毕竟,他很长时间没有见到我了。"

"好吧,阿甘,我想让他在这儿做点分内之事是件好事。你知道,或许可以让他变得成熟一些。"

"是的,"我说,"也许是吧。"我一个人上了床,情绪非常低落。我闭上眼,努力去想珍妮,希望她出现来帮帮我,可是她没有。这一次,我必须靠我自己。

第二天一早,我让小佛洛斯特帮我喂猪,但是整个过程他都非常反感。整整一天以及下一天,除了不得不开口的时候,他没跟我说一句话,说话时也只说一两句。最后我想了一个办法。

"你在家里养狗什么的了吗?"我问。

"没有。"

"你想要一只宠物吗?"

"不想。"

"知道吗,如果我给你一只,我打赌你会喜欢的。"

"是吗?什么样的宠物?"

"跟我来。"我说。

我带他来到猪圈的一个小隔间,那里有一头肥大的杜洛克母猪,正在给六头小猪喂奶。它们大概有八周大,我的眼睛在其中一头身上盯了一会儿,我想它可以说是几只幼崽里最好的一头。它的眼睛明亮又好看,你叫它的时候它会走过来,它白色的皮肤上生着黑色的斑点,你跟它说话时它的耳朵会动。

"我管这只猪崽叫旺达。"我一边说,一边把它抱起来交给小佛洛斯特。他似乎不太乐意,但还是接了过去,旺达开始像小狗一样拱他和舔他。

"你为什么想起管它叫旺达?"他终于问道。

"哦,我也不知道。算是用我一个老朋友的名字给它起的名吧。"

呃,在那之后,小佛洛斯特似乎开心了一点。他不怎么跟我待在一起,但旺达成了他忠实的伙伴。这头小母猪正准备断奶,所以麦克吉沃先生说好吧,就让它跟着他,如果这能让这男孩快乐起来。

又到了用卡车拉猪去威林拍卖的日子。一大早,小佛洛斯特帮我把猪装上卡车,我们很早就出发了。花了半天的时间才到那里,然后我们还得回来再拉一车。

"你为什么总是用这辆旧卡车拉着那些猪去威林呢?"他问。这可能是这些日子以来,他跟我说过的最长的一句话了。

"我想,是因为我必须把猪拉到那里。麦克古沃先生已经这样做了好多年。"

"哦,你难道不知道科尔维尔有一条铁路吗?通往威林。我坐火车来这儿时听说的。你为什么不把猪交到铁路上,让他们去拉呢?"

"我不知道,"我说,"为什么要这样?"

"因为这样一来你就可以节省时间,留着去放声大哭了。"他看起来对我非常恼火。

"对于猪来说时间算什么呢?"我问。

小佛洛斯特只是摇了摇头,望向窗外。我猜他现在一定认为他爸爸有一个木头脑袋。

"好吧，"我说，"或许这是个好主意，明天一早我就把它告诉麦克吉沃先生。"

但是小佛洛斯特并没在意。他只是把旺达抱在膝盖上，看上去有点担忧，有点孤独。

"太棒了！"麦克吉沃先生叫道，"用火车运猪去拍卖！这会给我们节省几千块！我怎么就没想到呢？"

他兴奋得快要跳起来了，拉过小佛洛斯特，给了他一个热烈的拥抱。"你是个天才，我的孩子！哈，我们就要发财了。"

接下来，麦克吉沃先生给我们都加了工资，让我们星期六和星期日两天都休息。这样，到了周末，我就带小佛洛斯特去科尔维尔的埃塔之家餐厅，跟老矿工和待在那儿的其他一些当地人交谈。他们对小佛洛斯特都很友善，而他一直向他们问这问那。用这种方式打发夏天挺不错，实际上，几个星期之后，我感到小佛洛斯特跟我变得亲近了。

与此同时，麦克吉沃先生正在努力解决一个非常棘手的问题，那就是，随着我们的经营规模不断扩大，如何处理那些堆积如山的猪粪。此时，我们已经饲养了超过一万头猪，这个数字每天还在增加。麦克吉沃先生说，到今年年底，我们应该会拥有不低于两万五千头猪，而每天每头猪都要产生大约两磅的猪粪……好了，你估计明白了，这将带来什么后果。

不管怎么说，麦克吉沃先生都要相当快速地把猪粪当肥料卖掉。但是在这当口，却没什么客户来买，另外，镇上的人对我们制造出臭味的怨声也越来越响亮。

"我们应该试着烧掉猪粪。"我说。

"去你的，阿甘，他们对臭味的牢骚已经够大了。你觉得他们会对每天燃烧五万磅猪粪做出什么反应？"

接下来几天，我们又讨论了其他几个解决办法，但是没有一个可行。一天晚饭时，谈话禁不住又转向了猪粪问题，小佛洛斯特兴致勃勃地说："我倒想出了一个办法，"他说，"或许，我们可以用它发电？"

"干什么？"麦克吉沃先生问。

"你看，"小佛洛斯特说，"我们这块农场的地下，就是已经挖空的煤层……"

"你怎么知道？"麦克吉沃先生问。

"是一个矿工告诉我的。他说煤层从镇上的入口开始绵延两英里，正好经过我们养猪的这个地方，在沼泽边上就断了。"

"是吗？"

"那个矿工是这么告诉我的。"小佛洛斯特说，"现在，你看这个……"他掏出他带来的一个作文本，打开摊在桌子上，活见鬼，里面是我见过的最不可思议的绘图，不过看起来小佛洛斯特可能又一次解决了我们最头疼的问题。

"我的上帝，"麦克吉沃先生看完绘图后喊道，"太了不起了！绝对一流！年轻人，你应该获诺贝尔奖！"

小佛洛斯特想出的办法是：首先我们把镇上的煤矿入口堵住。接着，我们钻一些洞，通到我们猪场地下的矿井，每天把猪粪填进去。不久，猪粪将开始发酵，产生沼气。一旦产生了沼气，我们就可以开一个排气口，使沼气通过小佛洛斯特想出来的某些机器设备，最终到达一部大型发电机。它产生的电力不仅足够整个农场运行，还可以支撑整座科尔维尔镇。

"想想吧，"麦克吉沃先生喊道，"整座城市都靠猪粪运行！而且这么简单，连一个傻瓜都能操作！"对于他的最后一句话，我不那么肯定。

好啦，事情到此还只是一个开始。整个夏天我们都在设法让事情开始运行。麦克吉沃先生不得不跟市议员们商量此事，但是他们提出必须经过政府的批准我们才能开工。很快，我们请来各种人员，工程师、钻井员、环保署人员、设备驾驶员和建筑工人遍布农场。人们建起一个大木屋开始往里面安装机器。小佛洛斯特被任命为"荣誉总工程师"。他骄傲得简直要乐开了花！

我继续履行喂猪、打扫猪圈、围栏等职责，但是有一天麦克吉沃先生叫我去开推土机，因为该往矿井里填猪粪了。我干这活儿干了大概一星期，基本把猪粪填完了，然后他们在钻出来的洞上盖了一个很大的机械密封盖，小佛洛斯特说，现在我们要做的就是坐下来等着了。那天下午太阳开始下山的时候，我看到他牵着小猪旺达，消失在通往沼泽的小山上。小猪旺达现在已经长大，他也一样，在我的人生当中，没有比这更骄傲的事了。

又过了一两个星期，夏天快要结束了，小佛洛斯特过来对我说，终于到了开启猪粪发电机的时刻。夜幕降临之前，他带着麦克吉沃先生和我来到大木屋里，那里安装着一部巨大的机器，连着一串管子、刻度盘和仪表。他开始给我们讲解这部机器的工作原理。

"首先，"他说，"沼气通过这根管子从矿井里释放出来，在这儿被点燃，"他指了指一个看上去像热水炉的东西。"然后，冷凝器会让蒸气收缩，这样就会带动发电机，发电机产生电流，通过这些电线传送出去，这就是电力的来源。"说完他后退一步，嘴巴咧到了耳朵根。

"真是了不起啊！"麦克吉沃先生叫道，"爱迪生、福特、惠特尼、爱因斯坦也不过如此！"

小佛洛斯特突然开始扳动阀门和手柄，打开一连串开关，很快，压力表的指针开始攀升，墙上的电表开始转动。刹那间，木屋里灯光闪烁，我们高兴得跳了起来。麦克吉沃先生冲出屋去欢呼——房子里，猪圈里，所有的灯都亮了，亮如白昼，我们看到，远处的科尔维尔镇同样灯火通明。

"搞定啦！"麦克吉沃先生欢呼起来，"我们让狗嘴里吐出了象牙，肥猪变电厂，现在我们靠养猪可以发更大的财了！"

第二天，小佛洛斯特又把我带进大木屋，开始给我演示怎样操作机器。他解释了所有的阀门、仪表和电表的作用，没多久我就学会了。我只须每天检查一遍，确认其中的一两个仪表没有超出正常显示限度，将这个或那个阀门关上或打开。我想麦克吉沃先生说的不错，即使像我这样的傻瓜也能操作这部机器。

那天晚上吃晚饭的时候，小佛洛斯特说："还有一件事，我一直都在想。"

"什么事呢，我了不起的小伙子？"麦克吉沃先生问。

"是这样，我一直在想，你说你一直在有意降低饲养数量，因为你在威林和其他周边地区只能卖这么多猪。"

"是的。"

"所以，我想的是，为什么不把猪运到海外去卖，比如南美洲、欧洲，甚至中国？"

"哈，好哇，我的孩子，"麦克吉沃先生说，"又是一个好主意。可问题是，用船运猪花费太高，不划算。我的意思是，如果你把猪运往外国的港口，运输的费用会吃光你的利润。"

"这正是我一直在想的问题。"他说，然后掏出他的小作文本，活见鬼，里面肯定又是一套他画的图。

"太妙了！难以置信！真是了不起！"麦克吉沃先生跳起来喊道，"为什么你没有参加国会什么的呢？！"

小佛洛斯特又开始忙了。他画了一张运猪船的模型图。我看得似懂非懂，但它的核心是：在这条船里面，猪是从上到下分层安置的。每一层的底板都用厚重的网眼钢制成，这样当顶层的猪排泄时，猪粪便可以落在第二层，第二层的再落到第三层，直到最后，猪粪可以全部落到舱底，那里安装了一部跟这儿一样的机器，用猪粪发电来带动整条船。

"所以，运输的能源花销实际上为零！"麦克吉沃先生咆哮道，"为什么没想到这种可能性呢？用船运猪的费用还不到普通运输费用的一半！这简直令人震惊，整支船队以猪粪为动力来源！而且思路不一定要停留在这儿！想想吧，还有火车、飞机！所有这些都可以用这种能源。甚至还有洗衣机、烘干机和电视机！一举取代原子能！开辟一个新纪元。"他如此兴奋，手舞足蹈，我真担心他会激动得抽搐起来。

"明早我要第一时间找人商量，"麦克吉沃先生说，"但首先我要宣布，阿甘，你在这里起的作用太大了，所以现在，为了表达谢意，我要把我利润的三分之一给你。你看怎么样？"

呃，我有点意外，但这听起来是件好事，于是我对他说："谢谢。"

终于到了小佛洛斯特回学校的时间。我真不希望这一天到来，但它必定到来。当我用卡车把他送到火车站时，悬铃木已经飘下落叶。旺达被放在卡车车厢里，因为它现在长得太大了，放不进驾驶室。

"我想问你件事。"小佛洛斯特说。

"什么事？"

"是关于旺达的。你不会……"

"哦，不，不，我完全不会那么做。我想我们会把它当成家中的一员，对吗？它会过得很好。"

"你保证？"

"是的。"

"好吧，谢谢。"

"我也要你保证回家后会一切都好，听到了吗？听外婆的话，好不好？"

"好的。"

他只是坐在那里望着窗外，我感到有什么事情不对劲。

"你不会是为了什么事情不高兴吧？"

"呃，我只是忍不住在想，为什么我不能留下来帮你经营这个养猪农场呢？"

"因为你还太小，必须回学校去上学。我们以后可以考虑这个，好吗？但现在还不是时候。或许你可以在圣诞节的时候再来，好不好？"

"好，这是个好主意。"

我们来到火车站，小佛洛斯特从车厢里把旺达抱了下来。我们走到站台上，他一直抱着旺达的脖子跟它说话。我对他真的感到抱歉，但是我知道我这样做是对的。不管怎样，火车来了，他最后一次拥抱旺达，然后上了火车。他跟我，只是握了握手。我透过车窗看着他渐渐远去，他对我和旺达微微挥了挥手,然后我们便返回了农场。

让我告诉你吧:接下来的日子简直疯狂,麦克吉沃先生忙得四脚朝天!首先,他把养猪规模扩大了十倍。他开始从四面八方买进猪,于是几个月后,我们拥有了五六万头猪——这支队伍太庞大了,我们已经无法确切计数。但是,这无关紧要,关键是我们拥有的猪越多,产生的沼气就越多,到这时,我们能够供给电力照明的地区已经不限于科尔维尔,还包括沿途另外两座小镇。来自华盛顿联邦政府的人说,他们要把我们列为模范,甚至要为我们举办一个颁奖典礼。

接下来,麦克吉沃先生去实施猪粪船队计划了,一转眼,他就在弗吉尼亚州诺福克市的大西洋沿岸开始建造三艘大船。现在,他把大部分时间都用在了那上面,而把养猪的事情大部分都交了给我。我们还不得不从镇上雇了一百个工人,其中多数是失业的矿工,农场的工作解救了他们。

同时,麦克吉沃先生进一步扩大了对餐厨垃圾的收集,把范围拓展到三百英里内的每一个军事基地。我们用船队和卡车运送垃圾,用不完的就卖给其他农民。

"我们正在变成一个全国性大企业,"麦克吉沃先生说，"但是我们已经举债经营到了极点。"

我问他这是什么意思，他说："债务，阿甘，债务！我们不得不借了好几百万去造那些船，去给猪农场买更多土地，去为垃圾运输买更多卡车。某些夜里，我真担心会破产，但是我们已经陷得太深，不能罢手。我们必须扩大沼气经营来应付开支，恐怕我们必须提高价格了。"

我问他我能帮什么忙。

"继续尽快铲猪粪。"他说。

于是我就这么做了。

到那年秋天结束的时候，我计算了一下，我们已经在矿井里埋了八十万到一百万磅的猪粪，机器正在日夜满负荷运转。为了让它维持下去，我们必须把电厂的规模扩大一倍。

圣诞节时小佛洛斯特会再来这里，但在那之前的两个星期，表彰我们对社会贡献的典礼就要举行了。现在，整座科尔维尔镇都是圣诞装扮，挂上了小彩灯什么的——全是用我们电厂的电运转的。麦克吉沃先生因为正忙于建造船队，不能回来参加典礼，所以特意吩咐我代他去领奖。

举行典礼的日子到了。我穿上西装，打好领带，开车来到城里。那里的人来自四面八方——不仅是科尔维尔，还有附近的小镇，还有一串汽车拉来市政和环保部门的代表。州长和司法部长也从威林赶来了，还有从华盛顿赶来的、代表西弗吉尼亚州的联邦议员。克兰兹中士也从部队的工作中抽身赶来，我到达时，科尔维尔镇镇长已经开始讲话了。

"我们做梦也没想到，"他说，"解救我们的办法原来触手可及——是一群猪救了我们，还有麦克吉沃先生和甘先生的聪明才智！"

典礼在小山下面的广场举行，那里正对着煤矿的入口。台上插满了红、白、蓝三色的美国小国旗。当看到我到达时，高中生乐队立刻打断镇长的演讲，开始奏起《上帝保佑美国》。我走上主席台，会场上的五六千人全都鼓起掌来，欢声雷动。

台上的每个人都跟我握手——镇长、州长、司法部长，以及联邦议员，还有他们的夫人——甚至还有克兰兹中士，他穿着一套笔挺的军装。在讲话的最后，镇长总结说我是一个优秀的人，感谢我"通过这项了不起的发明为复兴科尔维尔镇做出贡献"。然后他让大家全体起立，乐队将演奏《星条旗之歌》。

就在乐队开始演奏之前，地面出现了一点轻微的震颤，但是除了我，好像没人注意到。演奏第一乐章时，地底再次发出隆隆的响声，这一次有些人开始紧张了。当乐曲进入高潮部分时，地面出现第三次响动，比前一次声音更大，引起了地面的摇晃，而街对面一家商店的窗玻璃被震得掉了下来。这时我突然明白过来，灾难要发生了。

这天早上我为穿西装、打领带而紧张兮兮，以致忘了打开发电厂的主压力表阀门。小佛洛斯特反复告诉过我，这是每天必须做的最重要的事，因为一旦忘记就会发生严重事故。此时，大多数人还在唱歌，但是已经有人在嘀嘀咕咕、东张西望，想知道是怎么一回事。克兰兹中士探身过来问我："阿甘，到底出什么事了？！"

我正准备告诉他，他自己就知道了。

我看向头顶的小山，也就是被堵住的煤矿入口所在之地，突然，惊天动地的爆炸发生了！一大团光和火焰，接着是咔——砰，里面所有的东西都被喷了出来！

接下来的一瞬间，眼前一片漆黑，我以为我们都被炸死了！但很快，我听到周围响起阵阵低低的呻吟，我睁开眼四下一看，一幅悲惨景象：主席台上的人全都站在原处，似乎仍惊魂未定，他们从头到脚都覆盖着猪粪。

"哦，我的天！"州长夫人喊道，"哦，我的上帝！"

我又朝四周看了看，该死的，整座城市都被猪粪盖住了，当然也包括眼前会场上的五六千人。此外，建筑物、轿车、公共汽车、地面、街道、树木——每一样东西上都有三四寸厚的猪粪！乐队里演奏大号的家伙，样子是所有人当中最奇葩的。他特别震惊，我猜，在爆炸发生时，他正在吹一个长音，没有停下来，一直在拼命吹已经塞满了猪粪的大号，结果只能吹出一连串的杂音。

我又转过来，克兰兹中士正盯着我的脸看，眼睛瞪得鼓鼓的，龇牙咧嘴——而他的军帽竟然仍戴得很端正。

"阿甘，"他咆哮着，"混蛋，你这个白痴！这到底是怎么回事？"

还没等我回答，他就冲上来扼住我的喉咙。我知道接下来会发生什么，于是跳出围栏，拼命地跑。克兰兹中士和其他所有人，不管跑得快慢，都开始拼命追我。这情景似曾相识。

我试图跑回农场，但是我意识到，那里或许不是藏身之地，至少不能免于一群正要拿我兴师问罪的暴徒之手，他们刚遭到一百万磅波中猪猪粪的袭击。但我还是拼命地跑，跑得极快，等我到家时，就已把他们远远甩在了后面。我给自己打包好行李，但是突然，他们又出现在了路上，咒骂着，叫喊着。我从后门跑出去，到猪圈里带上旺达，它有点奇怪地看着我，但到底还是跟我走了。我奔跑着穿过围栏，穿过牧场，见鬼的是，连猪都开始追我们——甚至包括围栏里的，它们冲破围栏，加入了那群暴徒的队伍。

我能想到的唯一的事情就是跑进沼泽地里，于是我就这样做了。我在那里一直藏到太阳落山，四周传来一片咒骂和喊叫。旺达理智地保持了沉默。但是当夜幕降临时，沼泽地里又冷又湿，一道道灯光扫来扫去，我不时看到有人拿着草叉和锄头走在里面，就像电影《弗兰肯斯坦》里演的那样。他们甚至开着直升机在我头上飞来飞去，用探照灯四下照，还用喇叭叫我出去投降。

真该死，怎么办呢？后来我想出了一个解决办法。我听到从沼泽地的另外一边远远传来火车声。我想，这是我逃脱的最后机会。我带着旺达，艰难行进到一个地势高一点的地方，奇迹般地跳上了一节车厢。车厢里点着一小截昏暗的蜡烛，我辨认出有一个男人坐在一堆干草上。

"见鬼，你是什么人？"他问。

"我叫阿甘。"我说。

"哦，跟你一起的是谁？"

"她的名字叫旺达。"

"你弄了个妞一道吗？"

"算是吧。"我说。

"算是？你的意思是——你不会有异装癖吧？"

"不，她是一头剪了毛的杜洛克猪，总有一天她会获奖。"

"猪？"他说，"我的上帝啊！我已经一个星期什么都没吃了。"

我明白了，这可能将是一次漫长的旅行。

5

我在火车上待了没多久,那个男人的蜡烛就烧完了。他咳嗽了一会儿,好像睡着了。于是我们在黑暗中乘着火车,只听到车轮咔嚓咔嚓地响,车厢摇摇晃晃的,最后旺达把头靠在我的膝盖上,也睡着了。不过我没有睡。我在纳闷为什么我总是让自己陷入这种麻烦中。我接触的每一件事,似乎都会直接变成屎。这次是货真价实的屎。

第二天早上,一点微光从车厢的门缝里透进来。角落里的男人动了动,又开始咳嗽。

"嗨,"他说,"你为什么不打开门,给我们透点新鲜空气呢?"

我过去把门打开了一英尺左右。我们正经过一些房舍和一些暗淡乏味的建筑,每一样东西都是灰白的,冰冷的,只有门上挂了一些圣诞节的装饰。

"我们要去哪里？"我问。

"就我所知，应该是华盛顿哥伦比亚特区。"这个男人说。

"见鬼，我去过那里。"我说。

"我信。"

"对，很久以前了，我去那儿见总统。"

"什么总统？"

"联邦的总统。"

"什么？是不是游行什么的？"

"不，不是游行。我去的是他家。"

"真的吗？我敢说，你的那头猪也跟你一起去过。"

"哦？不，旺达没有去过。"

"我知道。"他说。

我转过头看他，尽管他戴着一顶流浪汉的帽子，脸还被大黑胡子遮住了，但他的目光我非常熟悉。

"嘿，"我说，"不管怎样，你叫什么名字？"

"叫什么名字有关系吗？"

"哦，你看起来像我以前认识的什么人，所以我要问问。"

"是吗？像谁呢？"

"部队里的一个家伙。那是越战时候的事儿了。"

"你再说一遍你叫什么名字。"

"阿甘。"

"真的?我确实认识一个阿甘。那你的姓是什么?"

"佛洛斯特。"

"哎呀,天呐,"这个人说,同时用手臂挡住脸,"我早该知道的!"

"哦,你到底是谁?"我问。

"上帝保佑,佛洛斯特,你真的认不出我了吗?"

我爬过干草堆,起身凑近他的脸。

"怎么,你是——"

"不,我估计你没认出来,我也不指望你认出来——我近来慢慢垮掉了。"他边说边咳嗽起来。

"丹中尉!"我喊道,紧紧地抓住他的肩膀。但是当我看他的眼睛时,我发现它们是一种可怕的奶白色,他可能已经看不见了。

"丹中尉,出了什么事?"我问,"你的眼睛……"

"我现在已经半失明了,阿甘。"他说。

"可是,怎么会这样?"

"唉,说来话长。"当我看得更清楚一点时,我发现他的情况其实更糟。他瘦得就像麻秆,穿得破破烂烂。他腿上的断茬看上去很可怜,牙齿也很糟糕。

"我想，都是因为越南的事，叫我从此倒了霉。"他说，"你知道的，除了腿被炸断，我的胸和胃也受了影响。我猜，到后来，这些麻烦就找上了我。嘿——这是什么味儿？是你的味道吗？你闻起来像屎一样臭！"

"是，我知道。"我说，"这也说起来话长。"

接着，丹中尉又开始剧烈地咳嗽起来，我扶他躺下，自己去了车厢另一边。我想是我身上的气味叫他这么咳嗽的。我真是不敢相信！他现在看上去活像一个鬼，我不知道他怎么会变成这么一副可怜的模样，尤其是他还拿走了虾公司所有的钱。不过我想以后有的是时间问他这些。过了一会儿，他止住咳嗽，又打起瞌睡来。我坐在旺达身边，不知道接下来我们还会遭遇什么。

大约又过了一两个小时，火车渐渐放慢了速度。丹中尉再次咳嗽起来，所以我猜他已经醒了。

"好吧，阿甘，现在，"他说，"我们必须在火车停稳前跳下车，不然他们会叫警察把我们抓进监狱的。"

我透过门缝往外望去，我们正在驶进一个火车调车场，里面有很多生锈的火车厢、废品和守车，还有许多垃圾在冷风中飘舞。

"这里是联邦车站，他们特意为我们改造了一下。"

丹中尉说。

就在这时,火车停了下来,然后开始缓缓倒车。

"好了,佛洛斯特,现在机会来了。"丹中尉说,"打开门,我们跳下去!"

于是我推开门,跳了出去。旺达站在那里,向车厢外探着鼻子,我跟在它身边跑,抓住它的耳朵,把它拖了下来。它着地时大声哼哼了一下。接着,我跑到丹坐的地方,他就在旺达身后,我抓住他的肩膀,轻松地把他拖下车。他带着他的假肢,但是它们已经磨损了,而且很脏。

"在火车头返回来发现我们之前,我们爬到那边的货车底下吧。"丹说。于是我们爬了过去。终于,我们来到了我们祖国的首都。

此时天寒地冻,寒风呼啸在我们四周,空中飘着小小的雪花。

"阿甘,我实在不愿意提,但是我想,在我们出去欣赏风景之前,你最好去清洗一下,"丹说,"我看见后面有一个泥塘,你懂我的意思吗?"

于是在丹捆上他的假腿时,我来到泥塘边脱掉衣服,尽可能地洗掉身上的猪粪。这并不容易。因为猪粪几乎已经干了,尤其是头发上的,但是我尽力地洗着,又把衣服也冲洗干净,重新穿在身上。这可不是我人生中最愉快的经历。我洗完后，旺达也在泥塘里打了个滚，我想她是不甘心示弱。

"现在我们去车站吧。那里至少会暖和一点，你可以把衣服烘干。"

"旺达怎么办呢？"我问。

"我也在想这个问题。"丹说，"瞧，我们这样吧——"

在我洗澡的时候，丹找到一根绳子，当旺达打过滚之后，他把绳子套到她的脖子上。他还捡来一根长棍子，然后他牵着绳子，让旺达走在前面，他则拄着棍子走在后面，还用棍子在地上敲，就像一个盲人走在街上。好吧，无论如何，他本来就快瞎了。

"我们一会儿看看效果怎么样。"他说，"让我来说话。"

就这样，我们走进联邦车站，那里挤满了各种各样奇怪的人，其中大多数都直直盯着我们。

我找到一张空长椅，上面有一份皱巴巴的《华盛顿邮报》，不过刚好有人把它翻到了这一页，上面写道：**傻瓜于西弗吉尼亚引发一场有毒爆炸**。我忍不住读下去：

很久以前,西弗吉尼亚参议员罗伯特·博德先生[1]曾宣称他"看到了有生之年最恶心的事",但是昨天在煤矿小村科尔维尔所发生的意外,才是最恶心的。

博德对他州里的公司,无论大小都坚定地支持,当时他正跟其他许多杰出人物一起站在主席台上,包括联邦军方和美国环保署的代表,但一场波及全镇的沼气爆炸事件,使在场的每个人都被盖上了一层不光彩的猪粪。

爆炸明显是由一个经过确诊的智障引起的,之后证实此人系佛洛斯特·甘,没有固定住所。当天,他忘了打开一座电厂的某个阀门,该电厂因将猪粪转化为电力而获得了联邦奖金。

警官哈利·司马瑟斯这样对我们描述了当时的场面:"哦,我几乎难以描述那场面。我是说,站在主席台上的全是些重要人物,爆炸发生后,他们谁都说不出话来。我猜他们全都吓呆了。之后,女士们开始呼叫咒骂,男士们多少有点沮丧,低声抱怨着——他们看上去就像电视里的沼泽怪物。过了一会儿,他们

---

[1] 罗伯特·博德(Robert Byrd,1917—2010),1958年到2010年担任美国西弗吉尼亚州参议员,为美国历史上任期最长的参议员,也是美国国会任期最长的成员,这个纪录到2013年才被打破。

一定是想到要找出肇事者——我想就是这个叫阿甘的家伙——于是组织起一支队伍去追他。

"我们一直追他追到沼泽。显然他有一个同伴,一个外形像头猪的家伙。天黑以后我们失去了他的踪迹。这儿有一个传说,不要在夜里进入沼泽,不管那里面有什么人。"

"你身上还有钱吗?"丹问。
"大概十或十五美元。"我说,"你呢?"
"二十八美分。"
"好吧,或许我们还能买些早餐。"我说。
"见鬼,我还以为我们的钱够去牡蛎餐馆呢。老弟,要是现在就能在这棚子下弄到半打牡蛎,什么代价不能付出?想想吧,端上一堆碎冰块,边上还有盛着调料汁的水晶碗,调料有柠檬汁、辣椒酱,还有伍斯特郡的山葵汁。"
"好吧,"我说,"我估计我们可以去牡蛎餐厅。"实际上,我知道我们身上的钱不够,但是管他呢。我记得在越南时,丹中尉总是谈起他多么喜欢吃生牡蛎。我想,尽管他现在很穷,但为什么不可以吃牡蛎呢?
老家伙丹听说马上就可以大吃大嚼了,立刻兴奋起来,当我们顺着路边走时,他的腿发出咔嗒咔嗒的响声。

"阿萨蒂格或者钦克蒂格牡蛎，"他念叨着，"哪种都行。甚至切萨皮克湾牡蛎，只要是上好的，我都想吃。见鬼，我自己首选的是太平洋沿岸的各种牡蛎，皮吉特湾的海鲜，或者俄勒冈品种。还有，你的故乡墨西哥沿岸，有邦塞库尔或者赫龙湾牡蛎。还有在阿巴拉契科拉、佛罗里达，他们也捕捞过一些美味的海鲜！"

丹有点忘乎所以了，我想，当我们穿过铺着大理石地板的大厅，走向挂着饭店和牡蛎餐厅招牌的那个地方时，他一定直流口水。然而，我们正要进去，却被一个巡警叫住了。

"你们这两个乡巴佬在做什么？"他问。

"在找早餐。"丹说。

"是吗？"巡警说，"那么把那头猪领到这里做什么？"

"那是一头有执照的导盲猪，"丹说，"你难道看不出我是个瞎子吗？"

巡警神色严厉地看了看丹，最后说道："好吧，你看起来是有点瞎，但是我们不能让一头猪走进联邦车站，这是违规的。"

"我告诉过你了，这是一头导盲猪，是完全合法的。"丹说。

"是吗？可是，我听说过导盲犬，倒没听说过导盲猪。"这个巡警说。

"啊，"丹说，"我就是活生生的人证——是不是呀，旺达？"他蹲下身，拍了拍旺达的脑袋，它发出一声响亮的哼哼。

"真的如你所说吗？"巡警问，"我可从来没听说过这种事。另外，我想你最好出示你的驾照——哦，你的同伴好像有点惊慌啊。"

"驾照？"丹叫起来，"谁会给一个瞎子发驾照呢？"

巡警稍微想了一会儿，用拇指指着我说："好吧，或许你说得对——但是他的驾照呢？"

"他！"丹喊道，"他是个公认的傻瓜呀，你想让他在你们城里开着车乱跑？"

"哦，好吧，但是他为什么全身都湿了？"

"因为他掉进了车站外面的一个泥塘里。你是什么身份，竟允许这里有个泥塘？呃，我想你应该因为这个受到指控。"

巡警现在挠着头，我猜他在想该怎么摆脱这种困境，让自己看起来不像个傻瓜。

"好吧，也许是这样。"巡警说，"如果他是个傻瓜,那他在这儿做什么?看来我们似乎应该把他关起来,或者做点别的。"

"这是他的猪,"丹说,"他是世界上最好的导盲猪训练专家。猪比狗聪明——大部分猪甚至比人都聪明。但是,它们需要一个好的训练师。"

这时,旺达又发出一声哼哼,然后开始在华丽的大理石地板上撒尿。

"天哪,你们自己看看!"巡警喊道,"我不管你们说什么,你们这些家伙赶快从这里滚出去!"

他抓住丹和我的衣领,把我们拖向门口。混乱中,丹丢掉了牵旺达的绳子,这时,巡警转身想看看旺达在哪儿,突然他脸上出现了一副非常奇怪的表情。旺达在我们身后大概二十码的地方,正用那对黄色的小眼睛斜盯着巡警,蹄子紧紧扒住大理石,发出响亮的哼声。然后,它毫无预警地越过地面直扑过来,但不是扑向我和丹,我们知道它的目标是谁——当然是那个巡警。

"哦,我的天哪,我的天哪!"巡警呼喊着拔腿就跑,我任旺达在后面追了他一会儿,才把它叫了回来。我们最后一次看到巡警时,他正向华盛顿纪念碑跑去。丹捡起旺达的绳子,我们出了联邦车站的大门,走到了大街上。丹用棍子在地上磕磕敲敲。

"有时候一个人应该挺身维护他的权利。"他说。

我问丹我们下一步干什么,他说我们应该去白宫对面的拉菲特公园,因为那里是城中最好的一块公共用地,也是这座城市允许像我们这样的人安营栖身、自由活动的主要地段。

"我们现在应该给自己找块牌子,"丹说,"然后我们会成为合法的抗议者,就没有人可以对我们做任何事了。我们在那里可以想住多久就住多久。"

"什么样的牌子?"我问。

"什么样都没有关系,只要是反对总统行为的就行。"

"比如什么呢?"我问。

"让我们想想吧。"

于是,我们就开始想起来。我找到一大块纸板,我们花二十五美分买了一根红色的蜡笔,然后丹告诉我该在纸板上写什么。

"越战老兵反对战争。"他说。

"可是战争已经结束了。"

"对于我们还没结束。"

"是,但是已经十年了……"

"拿好它,阿甘,我们要告诉他们,我们会一直待在这里。"

无论如何,我们去了白宫对面的拉菲特公园。那里有各种各样的抗议者、流浪汉和乞丐。他们都拿着牌子,一些人朝街对面叫喊着,多数人带着小帐篷或纸板箱,好在里面睡觉。公园中央有一座喷泉,他们去那里取水。每天有那么两三次,所有人会聚集在一起,凑钱买点廉价的三明治和汤。

丹和我在公园的一角安顿下来,竖起我们的牌子。有人告诉了我们附近家用电器商店的位置,这样下午我们可以去那里弄两个装冰箱的大纸箱,那将成为我们的家。还有一个人告诉我们,现在因为冬天来了,情况算好的,如果等到天气转暖,公园管理人员会在半夜用探照灯把我们驱散。拉菲特公园与我上一次来时有点不一样——至少总统的房子起了变化。现在房子的四周竖起了钢铁围栏,每隔几英尺就有一根混凝土柱子,一队全副武装的警卫踱来踱去。看起来总统不想让任何人来见他。

不管怎样,我跟丹开始向过路人乞讨起来,但是并没有什么人对我们感兴趣。直到这一天结束,我们总共才讨到三美元。我开始为丹担心,因为他一直在咳嗽,而且已经瘦得皮包骨头了。我还记得当初我们从越南回国时,他被送进了华特·里德医院,他们在那儿救活了他。

"我再也不想去那个地方了。他们把我送进去一次,瞧瞧他们对我做了什么。"

"但是,丹,你没有理由叫自己受罪,你还年轻。"

"年轻?见鬼去吧,我已经成了行尸走肉——你难道看不出吗,你这个蠢蛋?"

我努力劝说他,但是说服不了——他说什么也不肯去华特·里德医院。一天夜里,我们待在我们的箱子里,天已经很黑了,拉菲特公园彻底安静下来。我们本来要去给旺达也找一个纸箱,但是后来我决定让它跟丹一起睡,因为这样可以使他暖和些。

"佛洛斯特,"过了一会儿,丹说,"我知道,你觉得我肯定偷拿了虾公司的钱,是不是?"

"我没有,丹。我的意思是,是别人这么说的。"

"好吧,我可以告诉你,我没有。我离开时,那里已经没钱可以偷拿了。"

"那么带着一个小妞开辆大汽车离开是怎么回事?"我问。因为我必须问。

"什么事都不是。那用的是我银行里的最后一点钱。我只不过想,管他呢,就算要破产,我也要走得风风光光。"

"然后呢，丹？我的意思是，我们公司挣了很多钱，它们都跑哪儿去了？"

"特里布尔。"他说。

"特里布尔先生！"

"是的，那狗娘养的带着钱跑了。我是说，一定是他，因为只有他有这个可能。他掌握所有账户，自从你妈妈去世后，他就包揽了所有的事。一天他对大家说，已经没有足够的钱支付这个星期的工资了，但是只要大家留下来，工资一定会有的，可是过了一个星期，这杂种就逃跑了！"

"难以相信。怎么会这样呢！特里布尔先生始终都很诚实！"

"是呀——一位棋士。我猜你会这么认为。但我觉得他是个坏蛋。你知道的，阿甘，你身上有些好的地方，但你的主要问题是，你对谁都轻信。你难道不知道外面有很多人，只要一有机会就会给你设套吗？他们只要看你一眼，就会说这是个'大傻瓜'，而你这蠢驴竟然不知道这一点？你把每个像他们这样的人都当作朋友。佛洛斯特，在这个世界上是不能这样的。许多人并不是你的朋友，他们只是像银行里的人看着储户一样看着你——我怎样才能从这个乡巴佬身上榨出油来？道理就是这样，佛洛斯特。这才是真相。"

说完丹又开始剧烈地咳嗽起来。最后,他接着睡觉了。我把头伸出纸箱,天空非常清澈,公园里又冷又寂静,星星闪烁着,渐渐变成一片模糊的薄雾,我就要进入梦乡了,突然,珍妮出现了,她在冲我微笑!

"哦,你这次又那么干了,是吗?"

"是,我想是的。"

"你本来已经成功了,对不?然后你过于兴奋,以致在参加典礼时忘了松开压力阀——瞧,结果发生了什么?"

"我知道。"

"小佛洛斯特怎么办呢?他该怎么接受这一切呢?"

"我不知道。"

"好吧,我可以想象,"珍妮说,"他肯定会非常失望。毕竟,那一切最初都是他的主意。"

"是啊。"

"所以,你难道不觉得应该告诉他吗?别忘了,他还要去那里跟你一起过圣诞节呢。"

"我本打算明天就去告诉他。好像一直没太多时间。"

"是的,呃,我想你最好尽快告诉他。"

我看得出她有点着急了,我自己对于这些事情的感受也很糟糕。

"我想,我又成了傻瓜,是不是?"

"唉,让我来告诉你吧,你被那群暴徒和猪追赶着穿过遍地猪粪的田地,可真是一道风景啊。"

"唉,我猜也是这样,但是你知道,我希望你能帮我走出来——你知道我的意思吗?"

"佛洛斯特,"她说,"不该由我来照看你。"

然后薄雾渐渐散开了,我再次看见了天空,银白色的云朵飘过星群,我记得的最后一件事情,是旺达从丹的纸箱里发出了巨大的呼噜声。

第二天早上,我很早就起来了,找到一个付费电话,拨了柯伦夫人的号码。小佛洛斯特已经去上学了。我告诉了她所发生的事,她好像没太听明白,于是我说我晚上再打电话。

回到拉菲特公园时,我看到丹中尉似乎在跟一个穿着海军制服的男人争吵。我听不清他们在吵什么,但我猜是因为丹向这个男人竖了一下手指,这个男人也对丹竖了一下手指。当我把纸箱收好时,丹看看我,对那个家伙说:"如果你不服,我的朋友佛洛斯特会把你揍得屁滚尿流!"

穿海军制服的人转过身来,上上下下地看我,突然间,他的脸上露出一副吃屎般令人生厌的笑容,我看见他一嘴龅牙,还提着个公文包。

"我是奥利弗·诺斯上校,"他对我说,"你是谁?你要把我揍得屁滚尿流吗?"

"我叫佛洛斯特·甘,我不知道什么屁滚尿流,但是如果丹中尉让我去做,我就会做。"

诺斯上校把我打量了一番,脸上露出一副猛然省悟的表情。他从帽子到鞋子都油光铮亮的,身穿的制服上挂着一排绶带。

"甘?嘿,你就是因为越战获得了国会荣誉奖章的阿甘?"

"就是他。"丹说。同时,仍待在纸箱里的旺达发出了一串响亮的哼声。

"见鬼,那是什么?"诺斯上校说。

"那是旺达。"我说。

"你的伙伴在纸箱里养了个妞儿吗?"诺斯上校说。

"旺达是一头猪。"我说。

"哦,对此我毫不怀疑,既然她肯跟你们两个懒鬼一起出来闲逛。你们为什么要反对战争呢?"

"因为这比反对根本不存在的事情容易一些,你这蠢货。"丹回答。

诺斯上校挠了挠下巴,然后点了点头。"好吧,我想我已经明白你们的观点了。嘿，听着，阿甘，不管怎么说，像你这样一个获过国会荣誉奖章的家伙，怎么会跑到这儿当流浪汉呢？"

我开口想把养猪场的事一股脑儿全告诉他，但是又想这听起来或许太离奇了，于是只说："我创业失败了。"

"哎呀，你应该待在部队里！"上校说，"我的意思是，你是个大英雄，你得有点理智。"

接着，上校的眼中露出了真正的奇怪神色，他斜着眼注视了一会儿白宫，然后转过身说："瞧这儿，阿甘，我可以让一个像你这样的家伙派上用场。我现在遇到了一些事，你的天才正好用得上。你有时间陪我去街对面，听我说一说吗？"

我看向丹，他点了点头，于是我跟着上校，按照他说的去做了。

6

当我们走到丹听不见的地方时，诺斯上校对我说的第一件事是："你的衣服太可怕了，我们要把你弄干净。"于是他把我带到一个部队驻地，让他们给我选了身合身的列兵制服，然后带我出去洗了个澡，又去理发店刮了胡须，理了发。做完这些后，我变得干净整洁，就好像又回到了军旅时代——真是不可思议。

"好啦，阿甘，要我说，你这可真叫焕然一新呀，"诺斯上校说，"现在，瞧瞧，我要你这傻瓜从此一直像这样干干净净的。如果有必要，我甚至想让你把屁眼儿都擦得亮亮的，懂我的意思吗？"

"是的，上校。"我说。

"好吧，现在，"他说，"我要授予你'秘密行动特别助理'的头衔。但是关于这件事的任何信息，你都不能告诉任何人，无论在什么情况下——懂我的意思吗？"

"是，上校。"我说。

"听着，阿甘，"当我们走进白宫时，诺斯上校对我说，"我们马上就要见到美国总统了，我要你保持最佳状态，明白了吗？"

"我见过他。"我说。

"什么时候？在电视上还是哪里？"他问。

"就在这里。大约八年或十年前。"

"啊，好吧，现在已经是新一任总统了。你还没见过这一位。他的听力不太好，如果他跟你说话，你必须声音很大才行。还有，就因为这个，"他补充道，"总统的声音听起来也叫人不舒服。"

我们走进一个圆形的小房间，可以肯定，房间里的人正是总统。这不是我见过的那两任总统，而是新任的一个。他是位年岁稍大的和蔼绅士，小脸蛋红扑扑，看上去像是可能当过牛仔，或者电影演员。

"哦，阿甘，很高兴认识你，"总统说，"瞧，诺斯上校告诉我你获得过国会荣誉奖章。"

"是的，先生。"我说。

"你是因为做什么而得奖的呢？"

"跑。"

"你说什么？"总统问。

"他说是因为他跑，先生，"诺斯上校插话道，"但是他没有告诉您，他跑着从火线上救下来了五六名战友。"

"哦，上校，你又来了，"总统说，"让人自己把话说完好吗？"

"哦，抱歉，先生，"上校说，"我只是想把事情说清楚，从正确的角度来阐述。"

"把这个交给我来做吧，"总统说，"这是我的工作，不是你的——顺便问一下，诺斯上校，我们以前见过吗？"

不管怎样，最后我们言归正传。房间一角有一台电视，总统刚才正在看《全神贯注》节目。

"你为什么不把那该死的电视关掉，上校？它吵到我了。"总统说。

"好的，先生，"上校说，"就个人趣味而言，我更愿意看《价格正确》。"

"我上一次到这里来，"我努力加入谈话，"当时的总统，有时会看《真相》。当然那是很久以前了。"

"我不太喜欢那个节目。"诺斯上校说。

"听着，"总统说，"我们不是花时间来谈论电视节目的。你现在想出什么主意了吗,奥利?"

"伊朗的阿亚图拉真是太该死了,"上校说,"我们正在设套子对付他,好换回我们的人质。通过这次行动,也可以搞垮中美洲的共产党。这可是个生死攸关的重要计划,总统先生!"

"是吗?那么你打算怎么做,奥利?"总统问。

"呃,"上校说,"整个计划需要的是一点机智和外交手腕——现在,让我来说明一下……"

在接下来的几个小时里,上校对总统讲解了这个计划。在上校讲的过程中,总统曾有一两次打起了瞌睡,上校不得不从制服口袋里掏出一根羽毛搔他的鼻子,把他弄醒,那羽毛看起来是专门为做这个而准备的。我并没太留心上校所说的事情,因为总是一环套一环,还抛出了一连串难以准确发音的名字。上校讲完后,比起他刚开始讲的时候,我更不明白我们要做什么了,但我猜总统明白了。

"好吧,奥利,无论你的计划是什么,听起来都不赖,不过我要问你一个问题:伊朗的阿亚图拉和你这个计划有什么关系呢?"总统说道。

"啊?"上校说,"天哪,阿亚图拉就是我们的计划!您还不明白吗——用武器换人质!然后用他付给我们的钱,去援助在尼加拉瓜作战的那些暴徒。再明白不过了，我的总统大人。"

我疑惑的是，为什么尼加拉瓜的大猩猩要打架[1]，我想起了苏。

可怜的苏。

"好吧，"总统说，"这听起来不怎么对劲——但是既然你这么说了，奥利——不过记住，不要用武器换人质，你明白我的意思吗？"

"这会使您成为民族英雄，先生。"上校说。

"还有一件事我不明白，"总统说，"阿甘在整个计划中扮演什么角色呢？"

"哦，总统先生，"上校说，"我相信所有美国人都有两个最大的敌人，一个是无知，一个是冷漠，而这两点都是可以克服的，列兵阿甘就是活生生的例子，他将成为我们的重要资产。"

总统看起来有点迷惑，他转向我："他在说什么？是关于无知和冷漠的事，是吗？"

"我不知道，而且我完全不在乎。"我说。

对此，总统挠了挠头，起身打开电视机。

---

[1] 文中"暴徒"与"大猩猩"是同一个词gorillas，诺斯上校所说的gorillas指尼加拉瓜反政府武装，阿甘不懂国际政治，以为这个词是大猩猩的意思。而文中的"作战"跟"打架"都是fight。

"奥利，无论你要做什么，"总统说，"我现在必须看《让我们成交》了。"

"好吧，那个节目不错，先生。"

"我真正喜欢看的是《一日女皇》，但是那节目停播了。"总统看上去有点难过地说。

"您就把事情交给我和列兵阿甘吧，总统先生。我向您保证，我们将给您和白宫办公室赢得巨大声誉。"

但是总统先生好像并没有真的在听上校讲话，他在看《让我们成交》。

总之，在那之后，我跟诺斯上校又回到了拉斐特公园，我开始为丹中尉和旺达为难，我该怎么安置他们呢？我不能丢下他们不管。上校为丹中尉想出一个办法，说他可以安排丹进华特·里德医院住院观察。于是，不一会儿，就来了一辆救护车，将丹中尉拉走了。

旺达，诺斯说，应该在国家动物园找个临时住处。

"万一我们被逮捕，它将成为展览品。"他说。

"为什么我们会被逮捕？"我问。

"哦，阿甘，命运难料。"上校回答。

其间，我告诉上校，在我们飞向世界各地之前，我必须去看一眼小佛洛斯特。他说我可以使用总统的"空军一号"回家,因为,他告诉我,"那个狗娘养的今天哪儿也不去"。

乘坐"空军一号"回莫比尔,和坐普通飞机抵达是不一样的。他们安排了一支铜管乐队欢迎我,并用一辆豪华大轿车带我到处逛。我来到柯伦夫人家时,院子里已经聚了很多人。柯伦夫人走出来欢迎我,但我看到小佛洛斯特站在纱门后面,好像不想见我。我走进门去,发现真是这样。

"我告诉过你,每天至少要检查两次压力阀,不是吗?"这是他说起的第一件事。

"是,"我说,"你说得对。"

"唉,你把一切都毁了。我们本来可以成为百万富翁的。现在,我想我们破产了。"

"好像的确是这样,儿子。"

"别叫我儿子。永远不要。我不是你儿子。"

"我的意思是就像……"

"我不在乎你的意思是什么。检查阀门是这世界上最简单的事。可你看,现在都发生了什么。"

"小佛洛斯特,我对此很抱歉,但是现在已经无法挽回了。过去的就让它过去吧。我得去做别的事情。"

"别的什么事情?——参军什么的吗?你怎么又穿上

那身军装了？"

"嗯，我想算是吧。我的意思是，我以前当过兵，你知道。"

"所以你告诉我这个。"

"我得再去为诺斯上校做一件事，因为他请我去做。呃，我只是不得不去做这件事。"

"对，我猜也是，因为你把其他所有的事情都搞砸了。"

他转过身，我看到他举起握紧的拳头，好像要擦拭自己的眼睛。看到这一幕我非常痛心，感觉他像是因我而羞耻。我想他有权这样对待我，因为这一次我又把一切搞了个稀里哗啦。

"旺达怎么样了？"他问，"我猜你把它卖到屠宰场了吧？"

"不。它在华盛顿的国家动物园呢。"

"哦，这样它就可以待在那里供人取乐了，是不是？"

"不，不是这样的。上校说会让它得到特殊照顾。"

"哼，"他说，"我敢打赌。"

不管怎么说，事情就是这样。简而言之，小佛洛斯特见到我很不高兴，所以我离开的时候情绪非常低落。唯一给我一点鼓舞的事情是,在我走出门之前,小佛洛斯特对我说:"顺便问一下,猪粪爆炸喷出来是什么样的?"

我说:"哦,那可真是壮观。"

"是呀,"他说,"我敢打赌。"我想这时我似乎从他脸上看出了一点笑意,但是我不能肯定。

于是,我们启程前往伊朗。

这是一座大城市,建筑的顶部有很多球根状的东西,看上去就像倒长的萝卜。这里的人全都身穿黑袍,脑袋上戴着像扣过来的篮子一样的帽子,尽量使自己看起来很凶。

而他们当中长相最凶的是阿亚图拉。

他皱着眉头怒目而视,确实不是我想见到的那种最讨人喜欢的男人。

诺斯上校对我耳语:"记住,阿甘,'机智和外交手腕'。这才是关键!"然后他伸出手试图跟阿亚图拉握手,但阿亚图拉只是交叉着双臂,皱眉怒视着上校,一言不发。

诺斯上校看着我说:"这狗娘养的可真怪。我是说,每个我遇到的人都乐意握手——你知道我在说什么吧,阿甘?"

阿亚图拉背后站着两个兜着肥大衬裤的家伙,腰带上挂着长剑,其中一个说:"再也不要叫阿亚图拉'狗娘养的',他能听出这是什么意思,然后让你们两个脑袋搬家。"

对于这一点,我知道他说得对。

不管怎么说,我们现在必须破冰,于是我开始说话。我问阿亚图拉为什么他总是这么凶,一脸怒色,还使劲皱着眉头?

"那是因为,"他说,"整整三十年来,我一直想成为世界基督教协进会的会长,但那群该死的东西甚至都不让我入会,无论如何,难道他们能比阿亚图拉更虔诚吗?"

"为什么你要为这件事烦恼呢?"我问。

他说:"因为我身份高贵,可以把所有人踩在脚下,那些不让我入会的人算什么东西?归根结底,我是伊朗的阿亚图拉。我是一个大人物,你这蠢货!"

"喂,等等,"诺斯上校说,"这是我的人,他叫佛洛斯特,或许他不是这里最聪明的,但你不应该骂他。"

"阿亚图拉想做什么就做什么,你如果不喜欢,就来亲我的屁股吧。"

"什么?告诉你,我是一名海军上校,我可不亲谁的屁股。"

听了这话,阿亚图拉拍了拍大腿,爆发出一阵大笑。

"很好,很好,上校,现在我们可以谈正事了。"

总之,诺斯上校开始解释他要跟阿亚图拉做的交易。

"瞧,"诺斯上校说,"你们的人在黎巴嫩带走了一些我们的人做人质。这给我们美国的总统造成了相当大的困扰。"

"哦,是吗?"阿亚图拉说,"那你们为什么不干脆去那儿把他们救出去呢?"

"没那么容易。"上校说。

阿亚图拉开始咯咯笑。"真的吗?告诉我为什么。你知道,我本人就了解一些关于挟持人质的事。你们那个笨蛋总统到这来,想破坏我们的人质挟持计划,看看发生了什么。对了,他叫什么来着……"

"那无关紧要,他不会再来这里了。"上校说。

"是的,这个我知道!"阿亚图拉又开始拍着他的大腿笑起来。

"好吧,就算如此,"上校说,"现在,注意了,我们应该谈正事了。时间就是金钱,你知道吗?"

"时间对于阿亚图拉算什么呢?"他一边说,一边把双手举到空中,就在这时,他那两个穿肥大衬裤、佩长剑的手下之一在一面大锣上敲了两下，有点像可口可乐计划中霍普韦尔夫人在她的按摩室里做的。

"哦，说到时间，"阿亚图拉宣布，"我们要准备吃午餐了。你们两个吃东西了吗？"

"没有，先生。"我大声说。诺斯上校瞪了我一眼。

"哦，好吧，"阿亚图拉喊道，"那么宴会开始啦！"

一时间，大约一百个阿拉伯人走进屋子，端着各种盘盘碗碗，里面装着我见都没见过的最神秘的食物。比如大堆大堆的看起来像是卷心菜包意大利腊肠的东西，还有火腿、橄榄、水果，还有好像是松软干酪之类的东西——其他的我就搞不清到底是什么了。他们把食物放到我们面前的一大块波斯地毯上，然后退后站好，双手交叉在胸前。

"好啦，阿甘先生，你喜欢吃些什么？"阿亚图拉说。

"或许是火腿三明治。"我说。

"哦，我的天，"阿亚图拉说，"别在这里提那种东西，我们的人三千年来从不吃那肮脏的火腿。"他摆着手再次皱起眉头。

诺斯上校现在真的在瞪我了。我瞥见那些穿肥大衬裤的家伙开始拔剑。我想我一定是说错了话，便说："哦，那么来些橄榄之类的怎么样？"

一个家伙开始为我拿橄榄。我想，橄榄也很好，因为我在猪农场吃了太多火腿，足够回味一辈子了。

总之，诺斯上校的食物被端上来之后，他用手抓着吃了起来，还时不时发出哦、啊、嗯的声音，表示食物是多么美味。我也拿起一两个橄榄放进嘴里。阿亚图拉拿起餐叉，开始吃午餐，同时微微挑起眉毛看着我和上校。我们吃完后，一个阿拉伯人走过来收走了盘子。上校再次努力谈起正事。

"听着，"他说，"我们手里有足够的导弹可以炸掉半个基督教世界。现在，你想要导弹，就必须答应让黎巴嫩的那些怪物释放我们的人，怎么样，成交吗？"

"阿亚图拉不跟大撒旦[1]做交易。"他说。

"真的吗？"上校说，"那你们为什么不自己制造导弹？"

"我们还没抽出空来，"阿亚图拉说，"我们一直在忙着祈祷。"

"哦，对，"诺斯上校窃笑着，"那么，你们为什么不为自己祈祷出一些导弹呢？"

阿亚图拉又开始皱眉，脸色越来越可怕，我感觉上校

---

1 the Great Satan，指美国。

的机智和外交手腕似乎要使我们陷入水深火热之中。于是，我试图用一个小笑话来缓解这种紧张。

"抱歉，阿亚图拉先生，"我说，"你有没有听过一个醉汉在单行道上开车被逮到的故事呢？"

"没有。"

"哦，警察对他说：'嗨，你难道没看见那些箭头吗？'醉汉回答：'箭？我连印第安人都看不见呀[1]。'"

"我的神啊，阿甘……"上校倒吸一口冷气；但是这时阿亚图拉却爆发出一阵大笑，开始拍大腿，跺脚。

"天啊，阿甘先生，你可真有幽默感，不是吗？你为什么不跟我一起到花园里散一会儿步呢？"

于是，我们就这么做了。我们一起走出门时，我回头望了望，诺斯上校站在那里惊讶得合不拢嘴。

"哦，你看，阿甘先生，"我们来到外面之后，阿亚图拉对我说，"我不喜欢你们那个诺斯上校，他的外交手腕过于圆滑，我担心他很快就会让我吃苦头。"

"哦，这个我倒是不清楚，但我看他挺诚实的。"

"好吧，就算是这样，我也不会一整天在这里听他胡说八道。又到了我祈祷的时间了。所以告诉我，你是怎么

---

[1] 原文"箭头"一词为arrows，亦指美国原住民印第安人的传统武器"飞箭"。

看待这次用武器交换人质的事情的？"

"关于这个，我知道得不多。我是说，如果这是一次公平的交易，那就没问题。总统似乎认为它是公平的。但是，我得说，它并不在我的影响范围内。"

"那么，什么是你的影响范围呢，阿甘先生？"

"呃，来此之前，我是一个猪倌。"

"我的真主啊，"阿亚图拉嘟囔着，同时扣紧了他的双手，把眼睛翻向天空，"安拉给我送来了一个讨厌的商人。"

"但是总的来说，"我补充道，"我是一个军人。"

"啊，我觉得这还差不多。那么，从军人的立场来看，你认为那些导弹可以帮助可怜的阿亚图拉在对付伊拉克异教徒的战争中做些什么呢？"

"该死，我怎么知道？"

"啊——这才是阿亚图拉喜欢听的回答；而不是你们那圆滑的汽车销售商杂种诺斯上校的那种回答。你回去告诉你们的人，我们成交了，武器换人质。"

"那么，你可以释放我们的人质了，对吗？"

"当然，我不能保证这一点，黎巴嫩的那些家伙是一群疯子。阿亚图拉所能做的就是去试一试——你们就尽快把那些导弹运到这里吧。"

事情就是这样。诺斯上校一边臭骂我利用他的外交手腕,一边快乐得就像一头晒太阳的猪。真的可以这么说。

"伟大的上帝呀,阿甘,"在飞回家的途中他说,"这可是笔生死攸关的大交易!我们终于哄骗那个老傻瓜放了我们的人质,给他的却是一些挪威军队不知该拿来做什么的破导弹!多可爱的妙计啊!"

整整一路,一直到我们降落,诺斯上校都在自吹自擂他的机智。我猜想,在这笔交易当中我也找到了自己的某种职业,所以我可以给小佛洛斯特寄些钱了。结果,事情却并未如愿。

回到华盛顿没多久,事情便急转直下。

在这段时间里,我忙着处理自己的几件事情。首先,我去了华特·里德医院,的确如诺斯上校所说,丹中尉正躺在病床上,看起来比我上一次见他时要好多了。

"你去哪儿了,你这傻瓜?"丹问道。

"我去执行了一项绝密任务。"我说。

"真的?那是去了哪儿?"

"伊朗。"

"去做什么?"

"去见阿亚图拉。"

"你去见那个狗娘养的做什么?"

"我们去谈一笔用武器换人质的交易。"

"真的吗?"

"真的。"

"什么样的武器?"

"一堆生锈的导弹。"

"什么样的人质?"

"黎巴嫩的那些人。"

"交易达成了吗?"

"算是吧。"

"算是,是什么意思?"

"哦,我们给了阿亚图拉导弹。"

"换回人质了吗?"

"还没有。"

"那你永远都换不回人质了,你这个傻瓜!不仅是你对我,一个平民百姓,透露了这项一派胡言的绝密任务——就像让行刑队去攻敌——而且听起来你又被骗了!阿甘,你真是个笨蛋。"

于是,在跟丹中尉互相打趣一番之后,我把他用轮椅推到餐厅,取了一些冰激凌。既然医院里不供应半壳牡蛎，冰激凌就成了丹最喜爱的食物。他说，除了生牡蛎，冰激凌对他的牙齿也很好。无论如何，这让我想起了小时候的星期六下午，我被妈妈放到后面的走廊上到处乱跑，我们自己做冰激凌，妈妈总是让我舔搅拌棒，我感觉冰激凌又香又软又冰。

"你估计我们会遇到什么麻烦，丹？"

"这是什么见鬼的问题？"

"我不知道，我只是想到了这个问题。"

"真是见鬼——你又在思考了——你可不擅长这个。"

"哦，我猜是这样。我是说，无论什么事儿，只要我一接触，最后都变得一团糟。我不能长时间地拥有一份工作，甚至本来做得很好，最后也会搞砸。我一直想念妈妈、珍妮、布巴，以及每个人。而现在我有小佛洛斯特要照顾。听着，我知道自己算不上聪明人，但是人们总是把我当个怪物一样对待。我唯一能逃避的地方是梦里，我的意思是，这种事什么时候才是个头儿？"

"也许没个头儿，"丹说，"有时候人生就是这样。像我们这样的人，都是些倒霉蛋，就不要再钻这个牛角尖了。对于我自己，我并不担心会发生什么。我对这个世界已经不指望了，真是一种解脱。"

"别这么说，丹，你是我剩下的唯一的朋友。"

"我说的都是实话。我一生可能做过很多错事,但从未撒过谎。"

"没错。但是,这句话也不确切。没人能知道自己的一生还有多长。"

"佛洛斯特,"丹说,"你的脑袋变聪明了。"

不管怎么说,这次谈话使我知道了一点丹脑袋里的想法。我觉得很沮丧。我开始意识到诺斯上校和我可能被阿亚图拉骗了——阿亚图拉现在已经得到了导弹,但我们并没有看见人质返回。诺斯上校正忙着安排把我们卖导弹的钱送给中美洲的那伙大猩猩,他觉得事情没我想的那么坏。

"阿甘,"一天早上他说,"我要去一趟国会,向全体委员就我的行动进行述职。然后,他们可能联系你,也可能不联系,但是不管联不联系,你都不知道关于武器换人质的任何交易的任何事情,记住了吗?"

"我知道一些关于武器的事,但是我还没看见任何人质。"

"我不是这个意思,你这头大笨牛!你难道没意识到我们所做的一切都是非法的吗?我们俩全要进监狱的!所以你最好把你的大嘴闭上,只说我教你说的话,听见了吗?"

"是,先生。"我说。

无论如何，我还有一件其他的狗屎事要担心。那就是，诺斯上校安排我住进海军营房，而在那里不可能太快乐。海军与其他军种的人不同。他们总是对每个人都吆五喝六的，让你保持每一件物品都像哨子一样干净。看起来他们最不喜欢的一件事，就是有一名陆军列兵待在他们营房里。老实说，他们把我整惨了，最后我不得不搬了出去。我无处可去，于是又回到了拉菲特公园，想看看我的纸箱是否还在。结果，有人已经占用了。于是，我给自己另找了一个。在我把事情都安排妥当以后，我登上一辆前往国家动物园的公共汽车，去看望我的老朋友旺达。

果然，它在那里，挨着海豹和老虎。

他们把它关在一个小笼子里，地上放着干草和泡沫，它看起来非常不快乐。笼子上的牌子写着"美洲猪"。

一看到我，它立刻就认了出来。我把手伸进笼子，拍了一下它的鼻子。它发出一声响亮的哼声，我感到很抱歉，但不知道该做些什么。如果可以，我真想冲进笼子把它放出来。不管怎样，我去便利店买了一份爆米花和一块奶油夹心蛋糕，拿回旺达的笼子前。我差点给它买一个热狗，但是想了想没买。我把蛋糕给了它，然后喂它爆米花，这时一个声音在我背后响起：

"你究竟在做什么？"

我转过身，看见一名高大的动物园警卫站在那儿。

"我正在给旺达食物。"

"哦，是吗？好吧，你看见这块牌子了吗？就在这儿。上面写着'禁止喂食'。"

"我敢打赌，并不是动物们把这块牌子立在那儿的。"我说。

"哦，真是个聪明的傻瓜呀，啊哈？"他说着抓住我的衣领，"让我们看看蹲班房是不是很有趣。"

好吧，坦白地说，我已经受够了这个狗屎。我的意思是，我感觉太糟糕了，我上看看，下看看，什么都不对劲，我只是想喂一下小佛洛斯特的猪，这家伙就来为难我，所以，就给他个好看吧！

我抓住他的后背，把他拎到空中，抡了几圈，就像在摔跤的那些日子里对付"教授"和"屎蛋"时一样。然后我松开手，他像个飞盘似的在空中越过栏杆，正好落在海豹池中央，溅起巨大的水花。所有的海豹都跳进水里，冲上去用鳍翅抽打他。他愤怒地吼叫，挥舞着拳头。我走出动物园，登上返回城里的公交车。有时候，一个人应该去做他必须做的事。

这狗娘养的还算幸运，我没有把他扔进老虎笼子里。

7

没过多久,麻烦上身了。

我跟诺斯上校与阿亚图拉所做的交易,在国会山那帮家伙的眼里似乎是极不光彩的,他们认为用旧武器换人质不是一个好主意,尤其还要把卖武器的钱拿去帮助尼加拉瓜那些大猩猩。国会那些人认为是总统本人在幕后操纵了这个计划,他们想证明这一点。

诺斯上校在第一次被国会请去时为自己做了很好的辩解,他们不得不再请他去一次,而这次他们找了一群老练的费城律师,试图抓住他的马脚。但是到了这个时候,上校本人也非常老练了,当他用起他的机智和外交手腕时,真的是很难露出马脚。

"上校,"一名律师问,"如果美国总统让你去犯罪,你会怎么做呢?"

"哦,先生,"上校说,"我是一名海军,海军要遵守他们最高指挥官的命令。所以,即使总统让我去犯罪,我要做的也是向他潇洒地敬个礼然后冲到山上。"

"山上?哪座山呢?国会山吗?"

"不,你这蠢货——任何一座山!这是一种修辞手法。我们是海军陆战队,我们靠上山谋生。"

"哦,不错,那么他们为什么叫你们'锅盖头'呢?"

"我要杀了你,你这狗娘养的——我要扯下你的脑袋,把你的脖子当痰盂!"

"哦,上校,别这么粗俗,暴力会叫你没有退路。注意,上校,你要告诉我这一切不是总统的主意,是吗?"

"不错,就是这个意思,你这蠢货。"

"那么,这是谁的主意呢?是你自己的主意?"

"当然不是,你这笨蛋。"(上校的机智和外交手腕现在已达到了巅峰。)

"那么是谁的主意?"

"哦,这是很多人的主意,类似于自然演变。"

"自然演变?但是,一定有一个'主谋'吧,上校?这种量级的事情不可能简单地'自然演变'出来。"

"好吧,先生,实际上的确有一个人,把这个主意从头到尾仔仔细细地想了出来。"

"那么,这个人,就是所有这些非法计划的主谋,对不对?"

"我认为你可以这么说。"

"而这个人,是海军上将波因德克斯特,美国总统的安全顾问,对吗?"

"那个抽烟斗的衰人吗?他甚至意识不到要把靴子里的尿倒出去,更不用说当主谋了。"

"那么,先生,请你告诉我们,主谋是谁?"

"哦,好吧,我可以告诉你们,主谋是列兵佛洛斯特·甘。"

"谁?"

"是阿甘,先生,列兵佛洛斯特·甘,他是总统的秘密行动特别助理,这些都是他的主意。"

这时,律师和议员乱作一团,开始窃窃私语,或摇手,或点头。

于是我就这样被扯进了一场混乱。

接着,两个穿风衣的家伙半夜里来到拉菲特公园,开始敲我的纸箱。我爬出来看发生了什么事,其中一个把一张纸塞到我手里,让我早上务必前去接受参议院特别委员会对伊朗门事件的调查。

"我建议你去之前把军服熨一下,"一个家伙说,

"因为你屁股上已经沾了一堆屎了。"

哦,我不知道接下来该做什么。要叫醒诺斯上校为时已晚——我想他可以用他的机智和外交手腕来帮我解决这个麻烦。于是,我在城里转了一会儿,最后来到林肯纪念堂门前。灯光照在这位老人高大的大理石像上,看上去有点悲伤。波托马克河上渐渐升起一层薄雾,接着开始下起蒙蒙细雨。我为自己感到非常难过。正在这时,透过薄雾,我看到珍妮正一步步朝我走来。

她轻声说:"哦,佛洛斯特,你好像老毛病又犯了。"

"我想是的。"我说。

"你上一次进部队,惹的麻烦还不够吗?"

"是。"

"那为什么又这么做呢?你觉得为了小佛洛斯特,你必须这么做?"

"是的。"

她把头发掠到脑后,轻轻摇头,就像过去做的那样;而我只是站在那里,绞着双手。

"你为自己感到有点难过,是吗?"

"啊,是的。"

"你不想去国会山说出真相,是吗?"

"不想。"

"可是,你最好去——卖武器交换人质是一件很严重的事情,至少那些家伙是这么想的。"

"他们也是这么说的。"

"那么你想怎么做呢?"

"我不知道。"

"我已经把整件事情都看明白了,那么我的建议是,不要为任何人隐瞒,好吗?"

"我想,好的。"我说。这时又一片巨大的白色云雾从河上飘来,珍妮,渐渐消失在了其中。我非常伤心,一时间只想追着她去,或许可以抓住她,把她带回来——但即使是我也不会真的那么傻。于是我转过身,回到我的纸箱那儿。我现在又只能靠自己了。事实证明,我没有接受珍妮让我说出真相的建议,而这是最后一次。

"现在,列兵阿甘,告诉我们,你是什么时候开始想到拿武器交换人质的?"

在国会的听证室里,我被安置在一张面朝所有议员、律师,以及其他大亨的大桌子前,电视摄像机镜头对着我转动,灯光打在我的脸上,一个看起来很年轻的矮个子金发律师在问我问题。

"谁说我想到了?"我问。

"我在问你问题呢,列兵阿甘,你回答问题就是了。"

"可是,我不知道我该怎么回答,"我说,"我是说,你甚至根本没问我是不是……你直接就问我什么时候……"

"不错,列兵阿甘,那么是什么时候呢?"

我看了看诺斯上校,他的军装上挂满了奖章,他注视着我,缓缓地点了点头,那样子就好像我应该回答些什么。

"好吧,我想是在我第一次见总统的时候。"

"好,那么你有没有告诉总统你想出了一个拿武器去换人质的计划?"

"没有,先生。"

"那么你对总统说了什么?"

"我告诉他,我上一次见总统时,那个总统要看电视上的《真相》节目。"

"是那样吗?那么总统说了什么?"

"他说他更喜欢看《让我们成交》。"

"阿甘,我提醒你,你在这儿说的话可是宣过誓的。"

"呃,实际上,当时他正在看《全神贯注》,但是他说他看不明白。"

"列兵阿甘,你在回避我的问题,你可是宣过誓的。

你是想让美国参议院看起来荒唐可笑吗？我们可以告你藐视国会。"

"我想你们已经这样做了。"

"狗娘养的！你在为他们所有人掩盖真相——总统、诺斯上校、波因德克斯特，我不知道还有谁！哪怕花上几年的工夫，我们也要彻底查出真相。"

"是，先生。"

"所以，听好了，阿甘，诺斯上校告诉我们是你想出了这一整个糟糕的计划，要拿武器跟阿亚图拉交换人质，然后把钱转给中美洲的反政府组织，是这样吗？"

"我不知道什么反政府组织——我以为钱是要给一些大猩猩。"

"啊，终于承认了——这么说，你确实知道这个可怕的计划啦？"

"我理解为大猩猩需要钱，是的，先生，我是这样被告知的。"

"啊，列兵阿甘，我想你在说谎。我猜，是你在设计和实施整个计划——跟总统串通在一起！你还要继续装傻吗？"

"我没有装，先生。"

"主席先生，"律师说，"很显然，列兵阿甘，所谓的'美国总统秘密行动特别助理',是个骗子、冒牌货,他在这里故意耍手腕,想叫美国国会看起来像一群傻瓜!他应该被判处藐视国会罪!"

那个被叫作主席的人停下来,抬起头上上下下打量我,就好像我是某种臭虫。

"是的,的确如此。啊,列兵阿甘,你知道捉弄国会是要受处罚的吗?"

"不知道,先生。"

"那好,我们就把你这蠢货扔进监狱吧——无须再跟你废话了。"

"哦,好吧,"我说,努力模仿着诺斯上校的机智和外交手腕,"那么就扔吧。"

于是,我再次被投进监狱。

第二天的《华盛顿邮报》头版头条这样写道:**傻瓜因藐视国会案被拘**。

> 一个阿拉巴马人,据本报消息来源人证实为一名"被确诊的智障",在伊朗门事件中被判处藐视国会罪,本报已对该事件进行了深入报道。
>
> 佛洛斯特·甘,没有固定住址,在昨天下午嘲弄

了参议院特别委员会成员之后，被判处无限期监禁。这些成员正奉命调查对若干里根政府要员的指控，他们涉嫌利用以武器换人质的骗局，从伊朗的阿亚图拉·霍梅尼政权手中骗取金钱。

阿甘——明显被卷入了与美国政府有关的若干秘密活动，包括其空间计划——被消息来源人描述为"美国情报部门极端分子中的一员"，"是那种在夜间出没的家伙"。

一名不愿意透露姓名的委员会议员告诉本报，阿甘"将一直待在牢里，直到他对试图戏弄美国国会的行为表示忏悔。只有国会自己——而非某个来自阿拉巴马州的挑粪工——有权戏弄国会"。这位议员说，所引用的是他本人的话。

总之，他们给了我黑白横条的囚衣，把我关进一间牢房，跟我关在一起的有一个假钞制造者、一个儿童猥亵者、一个炸药爆破者，还有一个叫欣克利的棘手人物，他一直都在谈论女演员朱迪·福斯特。假钞制造者是这群人中最好的。

接下来，在查看了我的职业资历后，他们安排我去制作汽车牌照，于是生活开始一成不变地运转。好像是圣诞节时——准确地说,是圣诞前夜,当时正在下雪——一个狱警走近我的牢房,说有人来探望我。

我问他是谁,但他只是说:"听着,阿甘,想想你犯下的罪行,你能有访客就算幸运了。像你这样一个企图戏弄美国国会的家伙,没被他们扔进'洞里'算是幸运——所以马上抬起你的大屁股出去吧。"

我跟着他来到会见室。外面,一群救世军正在唱颂歌,是圣诞歌曲《马槽圣婴》,我还能听见一个圣诞老人正摇着铃铛号召捐赠。当我在安着铁丝网的探视间里坐下,看到对面坐着的是小佛洛斯特时,我一下子呆住了。

"哦,我想我该说圣诞快乐。"他说。

我不知道还能说什么,于是我说:"谢谢。"

我们就这样坐在那里彼此看了一会儿。事实上,小佛洛斯特基本一直低头盯着台面,我想,他一定是为他的父亲在坐牢而感到羞耻。

"哦,你是怎么来的?"我问。

"外婆送我来的。现在报纸和电视上都是你的消息。她说,如果我来看你,或许你能振作一些。"

"是的,的确如此。我很感谢。"

"这不是我的主意。"他说,这个说明我想是不必要的。

"瞧，我知道，我又把事情搞砸了。现在我的确不值得你骄傲，但是我一直在努力。"

"努力什么？"

"努力不把事情搞砸。"

他只是一直盯着台面，又过了一会儿，他说："我去动物园看过旺达了。"

"它好吗？"

"我花了两个小时才找到它。它看上去似乎很冷。我想把我的夹克留给它，但是一个大块头的警卫走过来开始对我吼叫。"

"他没有找你麻烦吧？"

"没有，我告诉他那是我的猪，而他说了句什么，'对，还有一个怪人也这么告诉过我'，然后就走开了。"

"那么，学校里怎么样？"

"应该说还好吧。因为你被投进监狱，其他孩子开始跟我过不去。"

"哦，不要让这件事影响到你，这不是你的错。"

"我不知道……如果我一直提醒你检查农场的阀门和仪表，或许这一切就不会发生了。"

"人不能往回看。"我说，"事情已经发生了，都是命中注定。"如今我只能这么表态。

"圣诞节你要做什么?"

"哦,他们可能会在这里给我们搞一个聚会,"我编了个谎话,"或许会有圣诞老人、礼物和火鸡什么的。你知道监狱是什么样,他们喜欢看到犯人过得高兴。你打算怎么过呢?"

"我想,我要乘车回家。我已经去过了所有景点。从动物园回来后,我路过白宫,爬上了国会山,然后又去了林肯纪念堂。"

"好啊,感觉怎么样?"

"相当有趣,你知道。天开始下雪,一切都雾蒙蒙的,然后……然后……"

他开始摇头,我看得出,他正因为激动而说不出话来。

"然后怎么啦?"

"我只是很想妈妈,就这样……"

"你妈妈,难道她……你没有看见她,对吗?"

"不完全是。"

"那是看见了一点?"

"是的,看见了一点。只有一小会儿。但我知道,那只是一个梦。我还没有愚蠢到相信那是真的。"

"她对你说什么了吗?"

"说了。她说我得照顾你。她说我除了外婆只有你了,而你现在需要我的帮助。"

"她是这么说的?"

"瞧,我已经说了,这只是一个梦,梦不是真的。"

"谁知道呢?"我说,"你的车是几点的?"

"还有一个小时。我想我该走了。"

"嗯,好的,祝你回家旅途愉快。很遗憾让你看到我现在这个样子。不过,或许不久我就可以出去了。"

"是吗?他们要释放你?"

"有可能。有个家伙常来这里为囚犯做一些慈善工作。他是一个布道者,说要'修复'我们。他说几个月后他可以利用一个'联邦劳务保释项目'之类的东西让我出狱。他说他在卡罗来纳搞了一个大型宗教主题公园,需要一些像我这样的人去帮他经营。"

"他叫什么名字?"

"金·贝克牧师[1]。"

于是,我就这样去为金·贝克牧师工作了。

---

[1] 金·贝克(Jim Bakker,1940—),美国牧师、电视布道家及大型福音机构的负责人,20世纪80年代中期因卷入性丑闻案及被控渎职、贪污、欺诈等罪名入狱,出狱后出版了自传忏悔书《我错了》。

他在卡罗来纳有一片地，取名为"圣地"，是我听说过的最大的主题公园。牧师有个妻子叫塔米·法伊，看上去就像个芭比娃娃，睫毛长长的，像蜻蜓的翅膀，脸上涂着厚厚的胭脂。那里还有一个更年轻的女人名叫杰西卡·哈恩，贝克牧师说她是他的秘书。

"看，阿甘，"贝克牧师说，"如果那个笨蛋沃尔特·迪士尼[1]都能做到，那么我也能。这可是最最宏伟的计划。我要把全世界的《圣经》迷都吸引过来！每天五万游客——说不定更多！《圣经》当中的每一幕——每一则寓言——都将在这里呈现！每人收二十美元，我们就可以赚几百万！"

贝克牧师说的是对的。

他已经搞出了五十多种游乐设施和特色景点，还计划搞更多。人们必须穿过树林，那里有一个穿得像摩西的家伙，当人们接近时，他会踩下一个按钮，打开瓦斯阀门，朝空中喷射出大约二十英尺高的火焰——这就是"摩西和喷火的树林"！只要瓦斯火焰喷出来，游客就会吓得跳回去，哦哦啊啊地又叫又跳，好像要吓死了似的。

---

1 沃尔特·迪士尼（Walt Disney，1901—1966），美国著名动画大师，迪士尼公司创始人。他创建的迪士尼主题乐园是全球最为知名的主题公园之一。

还有一条小溪，婴儿时代的摩西被裹在毛巾里，放在一条塑料船上到处漂游——这就是"摩西在芦苇丛中"。

然后还有"红海开路"。贝克牧师想出一个法子，让整个湖的湖水可以听从指令向两边分开，人们得从湖底走过去，就像以色列人那样。当他们到达湖对岸时，牧师安排一群通过监狱劳务项目释放出来的傻瓜穿上法老军队的服装，开始追赶他们，但是当这些傻瓜试图穿越红海时，水泵一下子把水全放回湖里，法老的军队就被淹没了。

他搞出了所有这些花样。

还有"穿彩衣的约伯"和完整的"约伯故事"，扮演者每天要吃的苦是我从没见过的。第一拨人玩过"红海开路"之后，第二拨要来湖边看耶稣把一条条面包变成鱼。牧师就又想出一个省钱的办法，让那些鱼吃掉面包，直到鱼长得够肥，再拿出来在煎鱼亭招待游客，十五美元一盘。

还有"狮窝里的但以理"和"鲸鱼腹中的约拿"。星期一，"圣地"闭园，不接待游客，牧师就把狮子和驯狮手以每晚五十美元的价格出租给本地的一家酒吧，酒吧打赌没有人能在摔跤比赛中赢过这头狮子。鲸鱼是一只巨大的机械鲸鱼，一直运行得很好，直到牧师发现约拿在鲸鱼的鳃部藏了些威士忌。每次鲸鱼吞掉约拿，他都要跑回来喝上一口。所以每天结束的时候，约拿都喝得醉醺醺的。

直到最后，事情发展成当鲸鱼要合上下巴吃掉约拿时，约拿向人群竖起了中指。于是一些妈妈抱怨说，她们的孩子为了回敬也学会了竖中指，牧师不得不叫停这个游戏。

所有项目当中最有看头的一项是"耶稣升天"，操纵它是被牧师称作天钩的一个玩意儿。实际上它类似于一种可以反弹的蹦极，扮演耶稣的人被挂到钩子上，然后被举到空中五十英尺高的地方，进入一团机械制造的云雾——说实话，看起来确实有点像真的。游客可以付十美元亲自体验一下"耶稣升天"。

"阿甘，"牧师说，"我还有一个全新的游戏，希望你能参与。它叫'大卫大战歌利亚'！"

即便我不太聪明，也能想到自己要扮演哪个角色。[1]

我以为"大卫大战歌利亚"的把戏很容易玩，但结果并非如此。

首先，他们给我穿上一件肥大的豹皮外套，还给了我一面盾牌和一把长矛，又在我脸上贴了一把大黑胡子。我要做的就是隆隆咆哮，表现得像傻瓜一样。正当我凶猛万分时，扮演大卫的演员出现了，他穿着一身麻布片一样的

---

1 《圣经》中大卫战胜巨人歌利亚时是一个少年，身材矮小，而小说里阿甘身材高大，所以必定要扮演巨人。

东西，开始用弹弓向我投石头。

大卫是由那个欣克利扮演的，他宣称再在牢里待下去就要疯了，所以参加了这个项目。在不投石头砸我的时候，他就给朱迪·福斯特写信，他称她为"笔友"。

问题是，他用真石头来砸我，而且多数时候会砸中——让我这么说吧：砸得太疼了！我们一天要做五六场这样的表演，到每天快结束的时候，我几乎都要被石头砸中二三十次！欣克利对此似乎很享受，但是过了一两个星期，我就对贝克牧师抱怨说：这样是不公平的，我全身青一块紫一块，牙齿也被这个小个子混蛋砸了两个缺口，但我从来没机会对他还手。

可是贝克牧师说这样才对，因为《圣经》故事里就是这么讲的，而你不能改动《圣经》。见鬼，如果我能，我一定会改，但是当然我不能说出来，因为牧师说如果我不愿意做下去，可以回监狱。我非常想念小佛洛斯特，还有珍妮，不知为什么，我感到自己被抛弃了。

总之，当我已经忍无可忍的时候，那一天来了。那是"圣地"的一个大日子，主题公园里挤满了游客。当人群来观看我的表演时，我开始咆哮，一脸凶相，用长矛威胁大卫。于是，他又开始用弹弓投石头了。真该死，一块石头砸到我的手上，害得我丢掉了盾牌。我弯腰捡盾牌的时候，这个小混蛋又对我投出另一块石头，砸到了我的屁股上。这完全没有必要！我再也忍不下去了！

于是我猛地冲向大卫，他站在那里，脸上还挂着傻乎乎的假笑。我抓住他屁股上的麻布片把他抡了几圈，扔了出去。他径直地飞过树林，恰好落在耶稣正把面包变成鱼那座湖的中央。

大卫的到来一定搞乱了总配电盘，水泵突然运转，"红海"开始分开，而树林那边突如其来就喷出了火焰，摩西站得太近了，一下子身上就着了火。而这个时候，机械鲸鱼正离开湖面爬上湖岸，疯了一样地直咬牙。人群骚动起来，女人尖叫，孩子啼哭，男人只顾逃生。这让狮窝里的狮子心烦意乱，它挣脱了绳子，开始疯狂地奔跑。正在这时，我出现在了现场，进一步增加了混乱。那个扮演空中耶稣的家伙正在喝苏打汽水，等待表演开始，突然间蹦极索抓住了他，把他抛到天上。他没有系安全带或其他任何东西，于是被甩出去，落在了煎鱼亭中央，正好落在一口油刚烧温的大锅里。

有人叫来了警察，他们出现后立刻开始用警棍敲人们的脑袋。这时，狮子跑进了芦苇丛，把正在里面脱掉衣服发生某种关系的贝克牧师和杰西卡·哈恩吓了一跳。他们在事情进行到一半时冲了出来，狮子在后面狠命地追。警察注意到了这一切,首先就以"伤风败俗"之名逮捕了牧师,把他关进了监狱。贝克牧师在被扔进警车前说的最后一句话是:"阿甘,你这个白痴,我会要你的脑袋!"

8

不管怎样,贝克牧师彻底完蛋了。事情一发不可收拾,最后他自己也进了监狱——现在他可以全职帮助犯人进行"修复"了,更不用说他自己这个虔诚的傻瓜。

不过,我,本来看起来也应该再次入狱,但事情起了变化。

国家媒体得到风声,"圣地"有一个白痴,不知怎的我的照片出现在了报纸和电视上。我本来正在等要把我们带回监狱的大巴车,这时一个家伙手里拿着文件出现了,那文件上说我被"释放"了。

他穿着一身整洁的西装,系着吊裤带,牙齿闪闪发光,皮鞋油光铮亮,看上去像个股票经纪人。"阿甘,"他说,"我可真是你的'幸运天使'呀。"

他叫伊凡·博斯基[1]。

伊凡·博斯基说，自从在国会山听证会上看见我跟诺斯上校之后，他就一直在努力寻找我。

"阿甘，你看今天的报纸了吗？"伊凡·博斯基问。

"没有，先生。"我说。

"哦，那你真应该看一下。"说着，他把一份《华尔街日报》递到我手里，头条是：**丑角导致大型经济主题公园关闭。**

最近刚从华盛顿一家治疗犯罪性精神病的医院获释的患者，昨天又在卡罗来纳一小镇发作，制造了一连串事件，使得几千名辛勤工作的美国公民失去就业机会，并致使卡罗来纳州最受人尊敬的公民之一银铛入狱。

消息来源人称，这名罪犯叫佛洛斯特·甘，是一名低智商人士，据证实，他在亚特兰大、西弗吉尼亚，以及其他地区都制造过此类混乱。

1　伊凡·博斯基（Evan Boesky），美国华尔街传奇人物，俄国移民后裔，1975年用挪凑的70万美元成立了自己的股票公司，从各种交易中套利，被称为"股票套利之王"，后因其不法活动被判处三年半监禁，并剥夺证券交易权利终身。

阿甘因藐视国会而入狱服刑，后参加了劳务保释项目，在金·贝克牧师监管的一家以《圣经》为导向的企业里服务。该牧师是一名信奉美国生活方式的虔诚的企业家。

昨天，在扮演巨人歌利亚的时候——据说阿甘是个大块头男子——显然他开始自娱自乐起来，采用的是一种被专家们描述为"不妥当"的方式，尤其是把他的搭档《圣经》中大卫的扮演者扔过树林，使其掉进了安置着机械鲸鱼的湖里，用"圣地"官方的话来说，鲸鱼"因入侵而紧张不安"，于是发起怒来，攻击游客。

在混乱现场的一角，贝克牧师跟他的秘书杰西卡·哈恩卷入了《圣经》中的芦苇丛场地，两人的衣服被芦苇扯掉，结果双双被警车带走，发言人将此称为"不幸事件"。

一派胡言。无论如何，伊凡·博斯基拿回报纸，对我说：

"我喜欢你这样的人，阿甘。因为在这一切发生之前，你完全有机会揭发诺斯上校和总统，却没有说！你把一切掩盖起来，一个人承担了罪责！这就是我所说的合作精神！我的组织愿意任用一个像你这样的人。"

"那是什么组织？"我问。

"哦，我们购买和出售垃圾——实际上，是纸做的垃圾。有债券啊，股票啊，生意啊，总之所有这些东西。实际上我们什么也不买，什么也不卖，只要打打电话，摆弄摆弄文件，我们就能把大把大把的钱揣进自己的口袋。"

"怎么做到的呢？"我问。

"很简单，"伊凡·博斯基说，"全是卑鄙、肮脏的把戏，从背后偷看别人，跟着他们，然后掏空他们的口袋。世界是一座弱肉强食的丛林，阿甘，而现在，我就是林中之王老虎。"

"那你想让我做什么呢？"

伊凡把手放到我的肩上，说："阿甘，我在纽约开了一家新的分公司，叫内部交易公司，我要你去担任总裁。"

"我？总裁？为什么？"

"因为你的诚信。站在那里对国会撒谎掩护那个笨蛋诺斯，这需要相当诚信。阿甘，你就是那个我一直在寻找的人。"

"报酬呢？"

"多高都可能，无上限，阿甘。怎么，你缺钱吗？"

"每个人都缺钱。"我回答。

"不，我是说真正的钱，后面要加上一串零的那种。"

"哦，好吧，我必须赚一些钱供小佛洛斯特上学，将来还要给他付大学学费什么的。"

"谁是小佛洛斯特，你的儿子？"

"算是。我是说，我负责照顾他。"

"我的上帝呀，阿甘，"伊凡·博斯基说，"你将赚到的钱，足够送他去乔特、安多弗、圣保罗或国教高级中学，所有这些学校，一旦你干上这个，他就会富得可以把衬衫丢到巴黎去干洗。"

于是我就这样开始了我的公司职业生涯。

我从来没到过纽约，让我这么告诉你吧：它非常壮观！

我不知道这个世界上原来有这么多人。马路上，人行道上，还有摩天大楼和商店里，到处都是人。他们制造的喧嚣是虚幻的——号角在吹响，钻头被高举，汽笛在呼啸，我不知道还有什么其他把戏。我的第一印象是：我来到了一座蚁丘，这里所有的蚂蚁都是半疯的。

伊凡·博斯基首先把我带到了他公司的办公室。公司在华尔街附近的一座摩天大厦里。里面有几百人正在电脑前工作，都穿着衬衫，打着领带，系着吊裤带，其中大多数都戴着角质框的小圆眼镜，头发往后梳得油光铮亮。他们一边用电话跟人讲话，一边抽着雪茄，那烟味如此呛人，以致刚进去时我还以为房间里着了火。

"这就是做生意，阿甘，"伊凡说，"我们这里要做的事，是跟那些经营大公司的人交朋友，一旦了解到他们要分发一大笔红利、进行收入结算，或者出售公司，或者设立一个新部门——或者要做任何其他会使股票上涨的事情——那么，我们自己就要开始买进他们的股票，要抢在官方消息见报，让华尔街每个狗娘养的都有机会捞取利润之前。"

"怎么才能跟那些人交上朋友呢？"我问。

"很简单。只要转转哈佛或耶鲁的俱乐部，或者网球俱乐部，或者任何这些傻瓜可能光顾的地方。给他们买酒，然后装聋作哑——带他们去用餐，给他们找女人，拍他们的马屁——不计代价。有时我们会带他们飞到阿斯彭滑雪，或者去棕榈滩或其他什么地方。不过不必对此有所顾虑，阿甘。我们的人知道怎样去挖这些陷阱——我要让你做的是担任总裁，你唯一需要汇报的人是我——大概，嗯，这样吧，每六个月汇报一次。"

"我要汇报什么呢？"我问。

"到时候我们就知道了。现在，让我带你看看你的办公室。"

伊凡领着我穿过走廊，走进拐角的一间大办公室。里面有一张红木办公桌、几把皮椅和沙发椅，地板上铺着波斯地毯。

所有的窗户都可以俯瞰城市与河流，河面上往来穿梭着各种小船和蒸汽船，我能看到远处的自由女神像，在落日余晖中闪闪发光。

"那么，阿甘，你觉得怎么样？"

"景色不错。"我说。

"景色不好才怪！"伊凡说，"这该死的房子至少要每平方英尺两百美元！这可是最好的房产，我的朋友！现在，赫金小姐是你的私人秘书。她漂亮得能迷死人。我想让你做的，就是坐在这张桌子前，当她拿文件来给你签字时，就在上面签上你的名字。你不需要费事去读这些文件——上面不过是一连串的废话和细节。我一直认为管理层不需要对他们的生意了解得太多——你懂我的意思吗？"

"呃，我不太懂。"我说，"你知道，我这辈子做了好多不了解的事，结果就惹了太多次麻烦。"

"好吧，不过现在就不要担心这种事了，阿甘。这些生意会越做越大的。这对你来说是一生难得的机会——对你儿子来说也是如此。"伊凡用胳膊搂住我的肩膀，露出大牙对我笑了笑，"还想问什么问题吗？"

"嗯，"我说，"洗手间在哪儿？"

"洗手间？你的洗手间吗？哦，穿过那道门就是。你是担心没有给你安排私人洗手间吧，嗯？那不就是吗？"

"不，我想尿尿。"

伊凡听了往后站了站。"啊，好吧，我必须说，这是一个相当直接的表述方式。不过你可以向前走，阿甘先生——那是你的私人专用洗手间。"

于是我就这么做了。但是，我还在想跟这位伊凡·博斯基一起干到底对不对。毕竟，我以前听过类似的胡扯了。

总之，伊凡走了，把我留在新办公室里。办公桌上的大铜名牌上写着：佛洛斯特·甘总裁。我刚坐进皮椅，把双脚抬起来，门就打开了，走进来一位美丽的年轻女士。我猜这就是赫金小姐。

"哈，阿甘先生，"她说，"欢迎来到博斯基集团内部交易公司。"

赫金小姐确实是个大美人——足以让你的牙齿打战。她高高的个子，深色头发，蓝眼睛，一笑就露出牙齿，她的裙子如此之短，以至于我担心她弯腰时会露出里面的内裤。

"您想要点咖啡或别的吗？"她问。

"不要。谢谢。"我说。

"好，有什么事需要我为您做吗？来杯可口可乐，或者酸威士忌？"

"谢谢，不过我真的什么也不想要。"

"那么，也许您想去看看您的新公寓？"

"我的什么？"

"公寓。博斯基先生给您订了一套公寓居住，因为您是我们这个分公司的总裁。"

"我以为我要在这儿睡沙发呢，"我说，"我的意思是，既然这里还配备了洗手间什么的。"

"天哪，不，甘先生。博斯基先生让我为您在第五大道找了一个非常舒适的住处。您可以在那里招待客人。"

"我招待谁呢？"

"谁都可以。"赫金小姐说，"您半小时后能准备好出发吗？"

"我现在就准备好了，"我说，"我们怎么过去呢？"

"哦，当然是乘坐您的豪华轿车了。"

不一会儿我们就来到大街上，坐进了一辆黑色大轿车。轿车太大了，我担心转不了弯，但是司机——名叫艾迪——很棒，踩一脚油门就超了出租车。只用了几分钟，我们便在把麦迪逊大厦附近的人群吓得四散后，停在了我的新公寓楼下。赫金小姐说，我们现在到了"住宅区"。

这座大楼是一个圆顶的白色大理石的庞然大物，门卫穿得就像古代电影里的人物。门前的牌子上写着"赫尔姆斯里宫"。我们走进门时，一个穿毛绒外套的女人正好出来遛她的卷毛小狗。她非常惊讶地把我上下打量了一番，因为我还穿着在圣地上班时那身工作服。

我们在第十八层走出电梯，赫金小姐拿出钥匙打开了门。我就好像走进了一座公馆。里面有枝形水晶吊灯，墙上挂着金边镜子和油画。我还看到了壁炉、昂贵的家具，桌上放着一大堆书。图书室四壁都镶着木板，地板上铺着漂亮的地毯。在房间的一角还有一个酒吧。

"您想去看看卧室吗？"赫金小姐说。

我一时无言以对，只能点点头。

我们走进卧室，这么说吧：简直太壮观了！大号双人床，旁边有壁炉，墙上还装着电视。赫金小姐说里面有几百个频道。洗手间比办公室里的更大，大理石地面，玻璃喷头带着金色的圆球把手，水流可以喷往各个方向，甚至还有两个马桶，只是其中的一个看上去有点搞笑。

"那是什么？"我指着它问。

"哦，那是一个坐浴盆。"她说。

"那是做什么用的？看上去没法坐。"我问。

"呃，好吧，你为什么不暂时先用另外一个呢？我们可以回头再聊坐浴盆。"赫金小姐说。

正如大门前的牌子上所写的，这个地方是一座宫殿，赫金小姐说："或早或晚，你一定会遇到拥有这座宫殿的那位迷人的女士。她是博斯基先生的朋友，名叫利昂娜。"

之后，赫金小姐说我们得一起出去，买些适合"博斯基分公司总裁"身份的新衣服。我们去了"斯科维基先生裁缝店"，并在门口受到了斯科维基本人的欢迎。他是个矮胖的小个子男人，留着一副希特勒式的胡子，头发剃得精光。

"啊，甘先生。我一直在恭候您的到来。"他说。

斯科维基先生给我拿出好几打西服、夹克、裤子、各种花色和布料的领带，甚至袜子和内裤。每次我选中一些衣服时，赫金小姐都说"不、不——不要那个"，然后她会选出另外一些东西。最后，斯科维基先生把我带到一面镜子前，开始为我量裤子的尺寸。

"天哪，天哪，您是一个多么好的模特啊！"他说。

"你量准了吗？"赫金小姐插话说。

"顺便问一句，阿甘先生，您从哪一侧穿衣服呢？"

"什么哪一侧？"我问。

"侧面，阿甘先生，你从左侧还是右侧穿衣服呢？"

"啊？"我说，"我想这没什么要紧吧，我只是把衣服穿上，你懂吧？"

"呃，甘先生，好吧……"

"从两边都穿，"赫金小姐说，"像甘先生这样的人，什么方法都能搞定。"

"当然。"斯科维基先生说。

第二天，艾迪用大轿车把我接到办公室。我一到那里，伊凡·博斯基就走进来对我说："过会儿我们一起去吃午餐。我要带你去见一些人。"

整个上午剩下的时间，我都在签署赫金小姐拿给我的文件。我签了肯定有二三十份。虽然每份文件我只看那么一小块地方，但还是一个词也看不懂。过了一两个小时，我的胃开始鸣叫，我想念起妈妈做的浇汁虾，妈妈真好。

很快，伊凡走进来说午饭时间到了，一辆豪华轿车把我们拉到名叫"四季"的餐厅，我们被带到一张餐桌前，那里已经有一个瘦得皮包骨头的高个子家伙，穿着西装，脸上带着狼一样的神情。

"啊，阿甘先生，"伊凡·博斯基说，"来见见我的朋友。"

这家伙站起来跟我握手。

他叫麦克·马利根。

麦克·马利根显然是一位股票经纪人，伊凡·博斯基要和他做一笔生意。麦克·马利根在交易一些被他称为垃圾债券的东西，而我理解不了，为什么有人会想要一堆垃圾一样的东西。尽管如此，我还是确信麦克·马利根是一个大人物。

伊凡和麦克闲聊一阵之后，跟我谈起了正事。

"我们要做什么呢，阿甘先生，"伊凡·博斯基说，"就是麦克会时不时地给你打个电话。他会告诉你一个公司的名字，他告诉你时，我希望你把它写下来。他会非常仔细地把公司名称拼出来，这样你就不会写错了。你写下来之后，就把它交给赫金小姐。她知道接下来该怎么做。"

"是吗？"我问，"这么做是要干什么呢？"

"阿甘，你问得越少，就做得越好。"伊凡说，"马利根先生和我偶尔互相帮个忙。我们之间交易的是秘密，你知道我的意思吗？"说到这儿他对我使劲眨了一下眼睛。这里面有种我不喜欢的东西，我正想告诉他这一点，但伊凡用下面的话题把我吸引住了。

"现在，阿甘，我所考虑的事情是，你需要一份正式的薪水。你应该有足够的钱去供你儿子上学，并且让你自己在经济上绝对自由，所以我考虑，哦，直说吧，给你每年二十五万的年薪，听起来怎么样？"

天啊，我简直被吓得目瞪口呆。我的意思是，我过去也赚过一点钱，但是对我这样一个白痴来说，眼前的工资绝对是一个大数目了。于是，我对这一切只考虑了几秒钟，然后就点了头。

"好啦，"伊凡·博斯基说，"那么就成交。"

麦克·马利根先生咧嘴笑得活像一只柴郡猫。

几个月中，我的管理职权得到了全面行使。我发疯似的签署着文件——联合，合并，买下全部股份，卖出全部股份，买进和卖出。一天我在走廊里碰到伊凡·博斯基，他正边走边一个人咯咯地笑。

"呃，阿甘，"他说，"今天是我喜欢的那种日子。我们一下子就买进了五家航空公司。我改了其中两家的名字，关了另外三家不景气的。那些狗屁乘客还不知道发生了什么事！他们的屁股刚坐进一条街那么长的机舱，以每小时六百英里的速度冲上天空，当他们落地的时候，甚至和出发时已经不是同一家航空公司了！"

"我猜他们一定会很惊讶。"我说。

"乘坐我关掉那几家航空公司飞机的蠢货,可远远不只惊讶。"伊凡咯咯笑着说,"我们用无线电发出命令,要飞行员立刻降落,不管最近的机场在哪里,然后让那些家伙当场立即滚蛋。一些傻瓜以为他们是去巴黎,结果在寒冷的格陵兰的图勒被赶下了飞机,而那些订票去洛杉矶的,则在蒙大拿或威斯康星等地儿结束了他们的旅程。"

"他们没有抓狂吗?"我问。

"管他呢,"伊凡边说边摆摆手,"事情就是这么回事,阿甘!彻底的资本主义!大笨蛋!我们兼并,裁员,让人害怕,然后趁他们不注意的时候,伸手掏他们的钱包。这就是生意,我的孩子!"

于是,事情就这样进行着,我签署文件,而伊凡和麦克·马利根一路买进、卖出。同时,我领略着纽约的高端生活。我去百老汇看剧,参加私人俱乐部,出席格林酒店的慈善义演。在纽约,人们好像都不在家里做饭,每晚都到餐馆吃那些看上去很神秘的食物,每餐的价格贵得抵一套西装。但是我知道这对我来说不成问题,因为我赚了这么多钱。在做这些事情时赫金小姐是我的"陪同"。她说伊凡·博斯基先生让我保持一种"高端的形象",实际上正是这样。每周我都要被报纸上的八卦栏目提到,他们还多次刊登了我的照片。赫金小姐说纽约有三份报纸,"聪明人的报纸""哑巴的报纸"和"蠢人的报纸",但是每个重要人物都会三份全读,因为他们要看看自己是否在上面。

一天晚上,我们参加完一场慈善舞会,赫金小姐本来应该在艾迪把她送回家前,先把我放到赫尔姆斯里宫的。但是这次,她说愿意到我的套房"喝点睡前酒"。我不知道为什么要这样,但我知道拒绝一位女士是不好的,于是我们就上楼了。

刚进门,赫金小姐便打开了高保真音响,走到吧台前调起酒。苏格兰威士忌。然后她踢掉鞋子,扑通一声坐到沙发上,斜倚在那里。

"你为什么不吻我呢?"她问。

我走过去在她的脸颊上轻啄了一下,但是她抓住我,把我拖到她的身上。

"来,佛洛斯特,我想让你吸点儿这个。"她用一只手把一点白色的粉末从一个小瓶里倒到她的大拇指指甲上。

"为什么?"我问。

"因为它会让你感觉很好,感觉自己很强壮。"她说。

"为什么我需要这样的感觉呢?"

"试试看,"她说,"就一次。如果你不喜欢,就没有下次。"

我不太想试,但它似乎毫无害处,你知道吗?只不过是一点白色的粉末。于是我就吸了,然后打起了喷嚏。

"我等这一刻已经等了很久,佛洛斯特,我要你。"她说。

"啊,哦,我想我们是工作关系,是不是?"

"是的,那么,现在到你工作的时间了!"她喘着气,开始解我的领带,用双手抓住我。

呃,我不知道我应该做什么。我的意思是,我一直听说跟一起工作的人纠缠到一起是个错误——"兔子不吃窝边草"是丹中尉常说的一句话。但是这一次,我真的糊涂了。赫金小姐毋庸置疑是个漂亮的女人,而我已经很久没有跟一个女人在一起了,无论漂亮与否……还有,毕竟你不该对一个女人说"NO"……刹那间我找到了所有的理由……接下来我所知道的事就是我和赫金一起躺在了床上。

事情结束以后,她抽了一支烟,然后穿上衣服离开了。我一个人留在房间里。她生起了壁炉里的火,木柴微微闪烁,发出橘黄色的光。我本以为会感觉很好,然而并不好。我有点孤独和害怕,不知道在这纽约城里我的人生将朝哪儿去。我躺在那里看着炉火,啊,火焰中突然闪现出珍妮的脸庞。

"好哇,你这个家伙,我猜你现在一定很得意吧。"她说。

"哦,不,实际上一点儿都不,我很抱歉。起初我从没想过要跟赫金小姐上床。"我告诉她。

"这不是我要谈的,佛洛斯特,"珍妮说,"我并没指望你永远不跟另一个女人睡觉。你是个男人,你有需求,问题并不在这个。"

"那问题是什么?"

"你的人生,你这个大傻瓜。你在这里做什么呢?你上一次花时间跟小佛洛斯特相处是什么时候?"

"哦,我几个星期前给他打了电话。我给他寄了些钱……"

"啊哈,你认为需要做的就只是这些?只是寄一些钱并打几个电话?"

"不——但是我还可以做什么呢?我去哪里弄钱呢?谁还能给我一份工作?在这里伊凡付给我的绝对是高价。"

"是吗?为什么呢?你对你每天签署的那些文件了解吗?"

"我不该了解,珍妮——博斯基先生是这样告诉我的。"

"呃,嘿,好吧,我猜你一定会为此吃苦头的。我想,刚刚吸到鼻子里的那些垃圾,你肯定也不知道是什么吧。"

"不完全知道。"

"但你还是吸进去了,你总是这么干。你知道吗,佛洛斯特?我一直在说,你可能不是城里最聪明的人,但是你也不像有时你表现出来的那么蠢。我认识了你一辈子,问题主要在于,你不思考——你知道我的意思吗?"

"呃,我本来希望你能帮我走出来。"

"我告诉过你,不该由我来照看你,佛洛斯特。你该开始自己留神了——等你做到这一点,你就应该多花一点心思去关注小佛洛斯特。妈妈老了,她不能包揽一切。像这么大的男孩,生活中需要有父亲的引导。"

"在哪儿引导?"我问,"让他来这里吗?你让我把他带到这个垃圾场?我虽然笨,但还没糊涂到以为这里适合抚养孩子——这里的人不是穷就是富,没有中间地带。这里的人,没有价值观,珍妮。一切都围绕着金钱这狗屎转,还有让你的名字见报。"

"没错,而你正身处其中,不是吗?你所描述的只是你所看到的那一面。或许这座城市还有另一面。每个地方的人都差不多。"

"我只是按照别人说的去做。"我说。

"你几时做过对的事呢？"

对于这个，我无话可答。突然间，珍妮的脸开始在火焰后面消失。

"哦，等等，"我说，"我们刚开始把事情谈开——不要走——才谈了一会儿……"

"回头再见吧，鳄鱼。"她说，然后就消失了。我从床上坐起来，热泪盈眶。没人理解我遭遇了什么——甚至珍妮。我想用被单蒙住头，一睡不起，但是过了一会儿，我穿好衣服，来到办公室。在我的办公桌上，赫金小姐留了一堆文件让我签署。

好吧，我知道珍妮在一件事情上是对的，我应该花一些时间跟小佛洛斯特相处，于是我安排他到纽约来度几天假。他是在星期五到的，艾迪开着我的豪华轿车去机场接他，我本以为那一定会令他印象深刻，结果并非如此。

他穿着牛仔裤和T恤衫走进我的办公室，迅速地四下打量了一圈，发表了如下看法：

"我宁愿去猪农场。"

"为什么这么说？"我问。

"这一切有什么好？"他说，"地方不错，那又怎么样？"

"我在这里谋生。"我说。

"靠什么?"

"签署文件。"

"你后半辈子都要做这个?"

"我不知道。我的意思是,这能让我支付账单。"

他摇摇头,走到窗边。

"外面那是什么?"他问,"自由女神像?"

"是的,"我说,"正是她。"他长高了这么多,让我无法忽视。他现在肯定超过了五英尺,成了一个不折不扣的英俊小伙子,有着珍妮那种金发碧眼。

"你想去看看她吗?"

"谁?"

"自由女神像。"

"我想是。"他说。

"太好了,因为我正好安排了我俩在城里逛几天。我们要去参观所有的景点。"

于是我们就开始游览。我们去了第五大道的商店,又去看自由女神像,然后登上了帝国大厦的顶层。在上面,小佛洛斯特说他想扔一件东西,看看多久才能落到地面上。但是我没让他这么做。然后我们去了格兰特墓和百老汇,有一个男人正在百老汇裸体示众,在中央公园我们待的时间不长，据说那里有鳄鱼出没。我们乘坐地铁，在广场饭店附近出站，并在那里停下来喝了杯可乐。账单送上来，写着二十五美元一杯。

"真是一堆狗屎。"小佛洛斯特说。

"我想我付得起。"我说。他摇着头走出去上了轿车。我看得出他一路上不是很开心，但是我对此能做什么呢？他不想看演出，玩具商店也让他厌烦。我把他带到了大都会艺术博物馆，有那么一会儿，他似乎对图坦卡蒙陵墓之类的东西产生了兴趣，但是又说这些都老掉牙了，我们又回到了大街上。

我在公寓那里让他下车，自己回了办公室。赫金小姐给我拿来另外一摞文件签署，我问她我该为小佛洛斯特做些什么。

"你知道吗，也许，他应该去见一见名人？"
"我到哪儿去找名人呢？"
"就在城里呀，"她说，"伊莱恩餐厅。"
"那是什么地方？"我问。
"你亲自去看看就知道了。"赫金小姐回答。

于是，我们去了伊莱恩餐厅。

我们在五点整到达那里，因为这是大多数人用晚餐的时间。但是伊莱恩餐厅空荡荡的。这可不是我期待的那种地方，委婉地说，它太平淡了。有一些服务生在来回走动，吧台的尽头有一个看上去挺快乐的高大女士正在整理账目，我想她应该就是伊莱恩。

小佛洛斯特站在门口等着，我走进去做了自我介绍，告诉她我来此的目的。

"好哇，"她说，"但是你来得早了一点。多数人再过四五个小时也不会出现在这里。"

"什么？他们要在别处吃过饭再到这里来吗？"

"哦，你这笨蛋。他们都在鸡尾酒会或演出或开幕式之类的地方呢。这里是夜场。"

"哦，那么你介意我们坐下来吃晚饭吗？"

"请便。"

"你知道今天有哪些名人会出现吗？"

"我猜就是常来的那些。芭芭拉·史翠珊，伍迪·艾伦，库尔特·冯内古特，乔治·普林顿，劳伦·巴考尔——谁知道呢，或许保罗·纽曼和杰克·尼科尔森也在城里。"

"他们全都来这里吗？"

"有时候——但是听着，这里有一条规矩，你可不能破坏：不允许走到那些名人的桌前去打扰他们。不要拍照，不要录音，等等。现在，你就坐到这张大圆桌前吧，这是一张家庭餐桌，如果有什么名人进来，并且没有其他安排，我就让他们坐在这里，这样你就可以跟他们谈话了。"

于是，小佛洛斯特和我就这样做了。我们吃了晚餐，然后是餐后甜点，然后是第二道餐后甜点，但是并不见有什么人光顾伊莱恩餐厅。我能看出小佛洛斯特已经厌倦了，但是我想这是最后一个能让他对纽约感兴趣的机会。就在我发现他坐立不安想要离开的时候，门打开了，进来的人除了伊丽莎白·泰勒，还能是谁呢？

之后，这地方很快就满了，布鲁斯·威利斯，唐纳德·特朗普，还有电影明星雪儿。千真万确，乔治·普林顿和他的朋友斯宾尼里先生也来了，还有作家威廉·斯泰伦。伍迪·艾伦带来整整一队随从，作家库尔特·冯内古特、诺曼·梅勒和罗伯特·陆德伦也是如此。他们都是俊男美女，衣着豪奢华丽。我在报纸上见过其中一些人，于是不停地对小佛洛斯特解释着他们是谁。

不走运的是，这些人似乎都有其他安排，跟约好的人坐在一起，而没有坐在我们的桌上。过了一会儿，伊莱恩走过来坐下了，我猜这下我们就不再孤独了。

"我猜对于单身汉来说这是一个明亮的夜晚。"她说。

"是呀，"我说，"不过，尽管我们并没有机会跟他们说话，但是或许你可以告诉我们他们到底在交谈什么——我只是想让小佛洛斯特知道名人们都谈些什么。"

"谈些什么？"伊莱恩说，"哦，我猜电影明星谈的是他们自己。"

"作家呢？"我问。

"作家？"她想了想，"啊，他们谈的是他们经常谈的——垒球、钱，还有其他胡诌八扯。"

这时，门又打开了，走进来一个人，伊莱恩招手示意他坐在我们桌前。

"阿甘先生，我想让你见见汤姆·汉克斯。"她说。

"很高兴见到你。"我说，并把他介绍给了小佛洛斯特。

"我见过你，"小佛洛斯特说，"在电视上。"

"你是个演员？"我问。

"不错，"汤姆·汉克斯说，"你是做什么的？"

于是我给他讲了一点我变幻莫测的职业生涯，他听了一会儿，说："噢，阿甘先生，你真是个奇特的人，听起来应该有人把你的故事改编成电影。"

"啊，"我说，"难道有人会对那么愚蠢的事情感兴趣？"

"谁知道呢?"汤姆·汉克斯说,"'人生就像一盒巧克力。'对了,我凑巧带着一盒巧克力,你要不要吃一块?"

"不了,我不吃了,我对巧克力不太感兴趣——但是无论如何,谢谢你。"

汤姆·汉克斯有点奇怪地看了看我。"哦,我一直都说,'傻人有傻相'。"然后他站起身,走向另一张桌子。

第二天早上,在伊凡·博斯基的办公室里,发生了一场重大风波。

"哦,我的上帝!哦,我的上帝!他们逮捕了博斯基先生。"赫金小姐叫道。

"谁逮捕的?"我问。

"警察!"她叫道,"还有谁能逮捕人?他们把他关进了监狱!"

"他做了什么?"

"内部交易。"她喊道,"他们指控他内部交易。"

"我是内部交易公司的总裁,他们怎么不来抓我呢?"

"现在来抓你也不晚啊,我的大人物。"说话的是一个长相丑陋的大块头侦探,他正站在门口。在他的身后,有两名穿着警服的警察。

"你马上老老实实跟我们走,不会有任何麻烦。"

我照他说的做了,但他的最后一句话完全是胡扯。

我就这样再次被投进了监狱。我早就该知道这种生活不会永远持续下去,但是我没想到会波及这么大范围。他们不仅逮捕了伊凡·博斯基,还把麦克·马利根也抓进了监狱,还有很多跟生意有关的人。赫金小姐也被作为"重要证人"关押了起来。他们给了我一次打电话的机会,于是我给小佛洛斯特打了电话,说我不回去吃晚饭了。我只是说不出口:他爸爸现在又进监狱了。

不管怎样,伊凡就关在我隔壁的牢房里,令我吃惊的是,他看起来居然相当有活力。

"呃,阿甘,我相信现在是你使出训练有素的忍受绝招的时候了。"他说。

"哦?什么绝招?"

"就像你为诺斯上校所做的那样——撒谎,隐瞒,承担全部责任。"

"为谁?"

"为我,你这蠢货!你以为我为什么找你做内部交易公司的总裁?就凭你那副脑子和那副尊容吗?醒醒吧,就是为了预防现在这样的事,我才雇了你。"

"哦。"我说,我早该知道这是一个陷阱。

在接下来的几天里,我受到几百名警察、律师,以及各种金融机构调查员的审问,但我什么也没有告诉他们。我只是闭紧了嘴巴,这叫他们非常生气,却毫无办法。他们有这么多人,我分辨不出哪一个是代表我和伊凡·博斯基以及麦克·马利根的利益的,哪一个又是对我们不利的。不过不要紧,我只是像一只蚌一样把嘴闭得紧紧的。

一天,狱警走了过来,说我有一个探视者。我来到探视间时,没错,正是小佛洛斯特。

"你是怎么发现的?"我问。

"我怎么能不发现呢?报纸和电视上全都是。人们说这是自茶壶山丑闻[1]以来美国最大的丑闻。"

"自什么?"

"别管那些了,"他说,"总之,我终于见到了赫尔姆斯里夫人,你说过她应该是一个很好的人。"

"哦,是吗?她好好照顾你了吗?"

---

[1] 茶壶山丑闻(Teapot Dome Scandal)发生在哈定总统执政期间(1920—1924),被视为当时美国政府最大的丑闻。内政部长福尔于1922年把怀俄明州茶壶山和加利福尼亚州爱尔克山的海军石油保留地分别秘密出租给了石油大亨。两笔交易都没有采取公开竞标的方式。经调查发现,福尔共收取了四十多万美元的贿赂。

"当然——她把我赶了出来。"

"什么?"

"把我赶了出来,大包小包的行李,都扔到了街上,说不能让骗子住在她的旅馆里。"

"那你是怎么过下去的?"

"我找了份洗盘子的工作。"

"听着,我在银行里存了些钱。我的东西里面有一本支票。你可以用它找一个地方先住下,住到你要回家。这笔钱甚至够交我从这里出去的保释金。"

"哦,好,"他说,"不过,看来你这次是真的犯事了。"

小佛洛斯特说的是对的。

交过保释金后,我自由了,可以暂时出狱,但不能走远。我和小佛洛斯特在一个社区租了一间无电梯的公寓,那里住满了罪犯、乞丐和妓女。

小佛洛斯特非常关心我在审判的时候会怎么做,说实话,我自己也不知道。我的意思是,他们雇我就是为了替他们兜事的,做你应该做的事一定程度上是一种荣誉;但是反过来看,让我下半生都在监狱里度过,而伊凡·博斯基和麦克·马利根却继续过他们的好日子,这是不公平的。一天,小佛洛斯特突然提出一个要求。

"你知道的,我不介意再去看一次自由女神像,我有几分喜欢那次游览。"他说。

于是我们就这么做了。

我们乘游船来到了那座雕像脚下。在午后的阳光下,她看上去格外美丽,闪闪发光。我们停下来读碑文,"蜷缩的民众渴望自由地呼吸",然后我们爬上了雕像的火炬顶端,经港口看向远方的纽约,那里高楼林立,就像要耸入云端。

"你想供出他们,还是怎样?"小佛洛斯特问。

"供出谁?"

"伊凡·博斯基和麦克·马利根。"

"我不知道——为什么问这个?"

"因为你最好想清楚,做个决定。"他说。

"我一直在想,但我不知道该怎么做。"

"背叛不太好,你当时就没有背叛诺斯上校。"

"是啊,看看它把我带到了哪儿——被关进了号子。"

"嗯,我在学校里也被人说了很多闲话,但是如果你供出了他,闲话可能会更多。"

在这一点上,小佛洛斯特可能是对的。我只是站在自由女神像顶上,疑惑地思考着——这可不是我的长项——

焦虑地担忧着，究竟哪一个……最后我摇了摇头，说："有时候，一个人应该做对的事。"

总之，最后，审判的时间到了。我们被聚集到一个大联邦法庭，公诉人是古顾里安提先生，他看起来本应该是个市长什么的。他板着面孔，让人不快，说话的口吻就好像我们是斧头杀人犯或者更坏的坏蛋。

"法官大人，陪审团的女士们、先生们，"古顾里安提先生说，"这三个人是世界上最坏的罪犯！他们亲手偷了你们的钱——你们的钱啊！"

从这里开始，情况就糟糕起来。

他滔滔不绝地称我们为骗子、小偷、说谎者、诈骗犯，我想如果我们不在法庭上，他还会叫我们混蛋。

最后，古顾里安提先生结束了对我们的抹黑和指责，轮到我们为自己辩护了。首先被带上来的是伊凡·博斯基。

"博斯基先生，"我们的律师问，"你是否犯有内部交易罪？"

我们碰巧是由著名的纽约杜威、思科伍姆和豪律师事务所代理辩护。

"我绝对、完全、百分之百是无辜的。"伊凡·博斯基说。

"如果你没有做过,那么是谁做的?"律师问。

"站在那儿的甘先生。"伊凡说,"我聘请他担任内部交易公司的负责人,目的是让公司在他的带领下结束一切内部交易,以提高我们公司的声誉,结果他做了什么?他立刻就成了个骗子……"

伊凡·博斯基就这样讲了一通,把我抹得就像海狸屁股一样黑。他说,我"对所有的交易完全负责",事实上,我对他完全保密,自己则大发其财。他说他对所有非法交易都一无所知。

"愿上帝对他那有罪的灵魂施以怜悯。"伊凡·博斯基就这样结束了他的发言。

接下来轮到麦克·马利根。他证实我曾打电话问他关于股票的建议,但是他并不知道我要做内部交易什么的。他们讲完之后,我想这下我麻烦大了,古顾里安提先生从他的桌子前对我怒目而视。

最后轮到我出庭陈述了。

"甘先生,"古顾里安提先生说,"在担任伊凡·博斯基先生的内部交易公司总裁之前,你从事过什么工作?"

"我是歌利亚。"我说。

"你是什么?"

"歌利亚——你知道,就是《圣经》中的巨人。"

"你站在那儿再好好想想,甘先生,这里可是法庭。不要愚弄法律,甘先生,否则法律会毫不客气地回敬你,我保证。"

"我没有愚弄,"我说,"那是在'圣地'。"

"阿甘,你是个疯子吗?"

听到这话,我的律师跳了起来。"我反对,法官大人,公诉人正在纠缠证人。"

"哦,"法官说,"他听起来的确有点疯狂——竟然自称是歌利亚。我想我要在此下令对甘先生进行一次精神病检查。"

于是他们就这样做了。

他们把我带到一所精神病医院之类的地方,医生走进来,开始用一把橡胶锤子敲我的膝盖,这是我以前有过的经历。接着他们让我做一些智力题,问了我许多问题,进行了一次测试,最后结束的时候,他们再次用锤子敲我的膝盖。在这之后,我被带回了法庭的证人席。

"阿甘先生,"法官说,"精神病医生的报告在我们意料之中,上面说你是一个'可确诊的智障',我驳回反对,公诉人,你可以继续。"

总之,他们继续问我关于我在内部交易公司骗局中所扮演的角色的问题。在我们的桌子上方,伊凡·博斯基和麦克·马利根咧嘴笑得像两只柴郡猫。

我承认签署了所有的文件，还时常给麦克·马利根打电话，我这样做时并没有告诉他我要搞内部交易的事情，只是讨点小建议。最后，古顾里安提先生说："好，甘先生，现在看起来你准备承认，你，而且只有你一个人，在这起事件中犯了罪，这就免去了法庭继续调查的麻烦——是不是？"

我只是在那里坐了一会儿，环视了一下法庭。法官脸上带着期待的表情等着。博斯基先生和马利根先生双手抱胸向后靠在座位上，满脸堆着假笑；我们的律师对我点着头，让我回答然后结束审判。在外面的旁听席上，我看到小佛洛斯特脸上带着痛苦的表情看着我。我猜，他知道我会怎么做，而那是我必须做的。

于是我叹了口气说："是，我觉得你说得对，我是犯罪了。我犯了签署那些文件的罪——但仅此而已。"

"反对！"我们的律师喊道。

"又有什么问题？"法官说。

"呃，我们刚刚证实，此人是一个可以确诊的智障，所以他怎么可以作证说自己犯或者没犯什么罪呢？"

"驳回。"法官说，"我要听听他自己怎么讲。"

于是我讲了起来。

我告诉了他们我的整个故事——关于我怎样扮演歌利亚在"圣地"引发了一场骚乱，然后博斯基先生怎样使我免于重返监狱，又怎样指导我签文件但是不要看文件，毕竟，我只是一个可怜的白痴，不知道自己在做些什么。

结果就是，我供出了博斯基先生和马利根先生。

当我说完这些，法庭上立刻一片混乱。所有的律师都站起来大叫反对。报社记者冲出去打电话。博斯基先生和马利根先生上蹿下跳，撕心裂肺地叫喊着，说我是一个无良的、肮脏的两面派，忘恩负义，满嘴谎话，血口喷人。法官敲着槌子叫人们安静，但是根本不可能安静。我望着小佛洛斯特，立刻就知道我做出了正确的决定。我还决定，无论再发生什么，我都不会再为任何人、任何事背黑锅，永远都不会——就是这样。

还是那句老话，有时候，一个人应该做对的事。

9

一时间,看似我已逃脱了陷阱,但结果当然并非如此。

在我出庭作证之后不久,他们就把伊凡·博斯基和麦克·马利根抓走,投入了监狱。法官把一本书抛向他们,一本厚厚的法律全书,正好砸中博斯基的脑袋。第二天,有人敲我的门。站在门口的是两名军警,戴着发亮的黑色头盔,胳膊上佩着臂章,手里提着警棍。

"你是佛洛斯特·甘吗?"其中一个问。

"我是。"

"好,你得跟我们来一趟,因为你是美国陆军逃兵。"

"逃兵?怎么会呢?我坐牢了!"

"不错,"他们说,"我们知道。但是根据你跟诺斯上校签订的协议,你还应该在部队里再待两年。我们一直在到处找你，直到在报上看到关于博斯基审判的报道。"

一个军警递给我一份《纽约邮报》，上面写着：**傻瓜揭发了牟取暴利的金融人士。**

一名智商被描述为"低于70分"的人士，昨天揭发了本报最受欢迎的两名报道对象，导致他们被判长期服刑。

据本报消息来源人透露，佛洛斯特·甘是一个"比石头还要傻的傻瓜"，在曼哈顿的联邦法官面前证明了他作为博斯基内部交易公司总裁的才干：他对该公司所从事的内部交易完全一无所知。

很明显，阿甘的职业生涯动荡多变，他做过百科全书推销员、发明家、动物粪便能源工程师，有段时间还做过美国政府的间谍，对他尚不宜轻易做出结论。本次审判持续了数周，最后他没有被定罪。

"那么，你们要对我做什么呢？"我问。

"他们可能要先把你关禁闭，等想好了再处置。"军警回答。大概就在这个时候，小佛洛斯特来到了我身后，想看看发生了什么。

"他是谁？"军警问，"你的孩子吗？"

我什么也没回答，小佛洛斯特也没回答。他只是瞪着军警。

"能让我跟他单独待一会儿吗？我不会逃跑或怎样。"我说。

"好吧，我想可以。我们在外面等，千万别要什么把戏。"

实际上，我这时脑子里根本没想什么把戏。我关好门，拉着小佛洛斯特坐到了沙发上。

"瞧，这些人要把我带回军队。我得跟他们走，你知道吗？所以我想让你坐公共汽车回家，准备好在开学的时候去上学。好吗？"

小家伙盯着他的鞋子，并不看我，但是他点了点头。

"我很抱歉，"我说，"但有时候事情就是这样。"

他又点了点头。

"瞧，我要想个办法。我要找诺斯上校谈谈，他们不会把我永远关起来的。我会解决的，然后我们一起做个计划。"

"是，对，"他说，"你做过很多伟大的计划，不是吗？"

"不错，我犯过错，但是总得想出个办法。我想我已经倒过霉了。事情该开始好转了。"

他起身回房间去收拾行李。走到门口时他转过身,第一次抬眼看我。

"好吧,"他说,"什么时候从监狱里出来,你就来找我。不要担心,听见了吗?我不会有事的。"

于是我跟军警一起走了。我感觉非常低落,非常孤单。小佛洛斯特已经长成一个英俊、聪明的年轻人,我却再次叫他失望了。

的确,正如军警所说,我们一到华盛顿,他们就把我关起来——再次投入监狱,但是不久之后,就有人来把我放了。

我一到那里,就给诺斯上校寄去一张便条,说我在这里受到了不公平的对待。几个月后,他顺路来了囚室。

"很抱歉,阿甘,"他说,"我对此也无能为力。我已经不是海军部队的人了,这些日子我非常忙,要提防阿亚图拉的一些朋友,他们扬言要杀我。另外,我一直在考虑竞选议员,我要让那帮混蛋看看什么才是真正的藐视。"

"呃,上校,"我说,"这一切听起来都很好,但是我怎么办呢?"

"这是你愚弄国会的结果,"他说,"牢房里见吧。"说着,他爆发出一阵大笑。"你懂我的意思吗?"

总之,又过了几个月面包加白水的日子后,我被传唤到驻地指挥官的办公室。

"阿甘,"他说,"我看你的档案时,你要立正站好。"大约过了半个小时,他向后一靠,说:"稍息!好吧,阿甘,我看到你在部队里的记录有点混乱,得过国会荣誉奖章,然后又当了逃兵,这是什么乱七八遭的?"

"先生,我没有当逃兵,我进了监狱。"

"哦,还不都一样糟糕?如果让我做主,我会鉴定你为行为不良,今天就让你退伍,但是有些要员似乎不赞成将荣誉奖章获得者踢出军界,我猜是怕影响不好。所以我们必须想办法看看怎样安置你,你有什么建议吗?"

"先生,如果你让我出狱,或许我可以继续去当炊事员什么的。"

"不可能了,阿甘!"他说,"我读了你档案里当炊事兵时的所有劣迹。上面写着有一次你想炖什么东西结果炸掉了一个蒸汽锅炉,把整个食堂都毁了,花了部队一大笔钱。休想,老兄——你在我的驻地休想再靠近食堂一步。"

然后他挠了一会儿下巴,说:"我想,有办法了,阿甘,我这里不能用任何会制造麻烦的家伙,所以我要做的是,把你这个大傻瓜转移到别处,越快越好,越远越好。

就这么办吧。"

于是我被转移了。指挥官说要把我调到他能找到的最远的地方，这可不是开玩笑。接下来，我得知，我被安排到了阿拉斯加的陆军气象站，而且，是在一月。可是至少，他们又开始付我薪水了，我又可以往家里给小佛洛斯特寄吃饭的钱了。实际上，我几乎把我的所有收入都寄回了家。因为在阿拉斯加这种鬼地方我能花什么钱呢？而且还是一月。

"我看了你的档案，阿甘，你过去服役时可是曲折多变啊，"负责气象站的中尉说，"手脚放老实点吧，这样你就不会有任何麻烦。"

当然，他这话说错了。

阿拉斯加无比寒冷，如果你到户外去，说话时你的话都能在半空中冻住，如果你撒尿，你的尿都能结成冰柱。

我的工作本来是解读天气图什么的，但是几周以后，他们明白了我是个傻子，就给了我扫地、倒痰盂和清扫厕所的工作。休息的时候我就到冰上去钓鱼。有一次我被一头北极熊追赶，还有一次，一头海象吃光了我钓的所有的鱼。

我们住在一座海边的小镇，那里所有的人大部分时间都用来喝酒——包括因纽特人。因纽特人是非常友好的，除了喝醉酒在街上挥舞着鱼叉打架的时候——每当这个时候，外出上街就成了一件危险的事儿。

几个月后，有一天，我和其他几个人在星期六的晚上一起进城。我其实不太想去，但是我太久没有外出走动了，于是就跟着去了，寻寻开心，可以这么说。

我们来到一个叫淘金酒吧的地方，走了进去。里面有各种各样的活动——人们喝酒、打架、赌博，一个脱衣舞演员正在吧台上表演。这有几分叫我想起了新奥尔良的旺达脱衣舞俱乐部。我想什么时候或许应该给她寄一张明信片。这又叫我想起了那头叫旺达的猪，小佛洛斯特的宠物，也不知道它现在怎样了，然后，我当然想起了小佛洛斯特本人。但是既然思考并非我的强项，我便决定采取行动。我来到街上，给小佛洛斯特买礼物。

已是晚上七点，但太阳还明晃晃地照耀着，因为在北极附近，太阳一直这样挂着。所有的商店都在营业，但是其中大多数是酒吧，附近没有百货商店，于是我走进一家新奇品商店，里面从天然金块到老鹰羽毛，什么都卖。最后我看到了我要给小佛洛斯特买的东西，那是一根真正的阿拉斯加印第安图腾柱！

它不是那种高达十英尺的大图腾柱，只有大约三英尺，上面雕刻着严肃的印第安人的脸，以及鹰嘴和熊爪，等等，都涂着明亮的色彩。我问柜台前的人要多少钱，他说："对你们军队上的人实行优惠价——一千二百零六美元。"

"要命！"我说，"那么不打折是多少钱？"

"我怎么知道？你自己算吧。"这是他的回答。

呃，我站在那里想，天已经晚了，我不知道什么时候才能再进城，而小佛洛斯特很可能需要得到我这的消息，于是我把手深深地伸进口袋，找出我的工资支票，用上面剩下的钱买下了这根图腾柱。

"你能把这个用船送到阿拉巴马州的莫比尔吗？"我问。

"当然能，那要再付四百美元。"他说。好吧，我能跟谁争辩呢？毕竟，我们跟世界顶点只有吐一口口水的距离，于是我再次伸手进兜被迫付钱，心想总之不用再为其他东西花钱了。

我问他是否可以一起寄一张便条，他说："当然可以，但是要另付五十块。"

我想，管他呢，这可是一根真正的古董阿拉斯加印第安图腾柱，而且我已经还过价了。于是，我这样写下了我的便条：

亲爱的小佛洛斯特：

我猜你一定想知道我在阿拉斯加过得怎么样。好吧，让我来告诉你，我在美国陆军的一个非常重要的岗位上工作，非常辛苦，所以没有太多时间给你写信。我寄了一根图腾柱给你玩。这里的印第安人说这是非常神圣的物品，所以你应该把它放到一个重要的地方。我希望你在学校里好好表现，并且照顾好你的外婆。

爱你的……

我本来想写上"爱你的爸爸"，但是他从来没有叫过我爸爸，于是就只签上了自己的名字。我想他需要猜一猜省略号处本来应该写什么。

当我回到酒吧时，我的伙伴们已经喝得大醉。我坐在吧台前要了一杯啤酒，这时我注意到有一个人已经完全趴到了桌子上。我只能看到他的半张脸，但怎么都感觉面熟，于是我绕着他转了几次，最后终于看出他正是猪粪农场的麦克吉沃先生。

我扶起他的头，把他摇醒了。起初，他没有认出我，这可以理解，因为他的桌子上摆着一个几乎已经喝空的杜松子酒酒瓶。但是，接着，他的眼中渐渐闪出光亮，他跳起来，紧紧地抱住了我。我以为因为猪农场的爆炸事件，他看到我一定会发怒，但事实上并没有。

"别担心，我的孩子，"麦克吉沃先生说，"无论如何，这可能是因祸得福。我本来做梦都想不到农场有一天会经营得那么大，但是一旦做到了，我就始终处在持续发展的压力之下，这可能会让我少活好几年。也许，你是帮了我一个大忙。"

当然，结果是麦克吉沃先生失去了一切。农场爆炸之后，城里的居民和环境保护组织的人就把农场关了，并把他赶出了城。接着，因为他借了很多钱去建猪粪燃料船，银行取消了他赎回抵押品的权利，使他彻底破产。

"但是，这些都没什么，佛洛斯特，"他说，"不管怎样，大海才是我的最爱。我再也没有生意上的事情需要打理或经营了。所以，见鬼，我现在想做什么就做什么。"

我问他现在究竟想做什么，他骄傲地告诉我："我现在是一名船长。我现在就有一艘大船马上出港，你想不想去看看？"

"好啊，但是我过一会儿必须回气象站；需要很长时间吗？"

"根本不需要什么时间,我的朋友,很快。"

麦克吉沃先生的这句话,可是彻底说错了。

于是我们乘坐一艘汽艇去他的大船。起初,我还以为这艘汽艇就是他的船,但是当我们最后到达目的地时,我几乎不敢相信自己的眼睛:这艘船如此之大,从远处看就像一座山脊。它大约有半英里长,二十层高。

这艘船的名字叫"埃克森-瓦尔迪兹"号[1]。

"上船吧。"麦克吉沃先生喊道。寒气逼人,但我们还是爬上梯子来到舰桥。麦克吉沃先生拿出一大瓶苏格兰威士忌请我喝,但是我因为还要返回气象站,就拒绝了。于是他就自己喝了起来,没加冰,没加水,就直接倒进杯子里喝,我们聊了一会儿往日的时光。

"你知道,佛洛斯特,有一件事情,我乐意花大钱去看一看,"他说,"如果我有那么多钱的话。"

"什么事呢?"

"就是猪粪爆炸时那些傻瓜脸上的表情。"

"哦,是的,"我说,"那的确是一种奇观。"

---

[1] 美国埃克森公司的瓦尔迪兹号巨型油轮于1989年3月24日在美国与加拿大交界的阿拉斯加州威廉王子海湾附近触礁,致使原油严重泄漏,对周围的渔民和居民造成危害。

"顺便问一下,我给小佛洛斯特的那头小猪怎么样了?你叫它什么来着?"

"旺达。"

"哦,是的。它可是一头好猪,一头聪明的猪。"

"它现在在华盛顿的国家动物园。"

"真的吗?在那里做什么?"

"关在一个笼子里。他们在拿它做展览。"

"哦,真见鬼。这在纪念咱们干的蠢事。"

又过了一小会儿,我明显看出麦克吉沃先生又喝醉了。事实上,他不仅喝醉了,连走路都摇晃起来。在某一时刻,他摇晃着走到控制台前,开始拧开一些开关,拉动一些控制杆和球形手柄,"埃克森·瓦尔迪兹"号开始战栗颤抖。不知何故,麦克吉沃先生启动了发动机。

"要不要出去稍微转转?"他问道。

"好,啊,谢谢,"我说,"但是我必须回气象站了,还有一个小时左右我就要值班了。"

"胡说!"他喊道,"用不了几分钟。我们就在海湾里转上一小圈。"

说着,他一边摇摇晃晃地蹒跚而行,一边努力给"埃克森·瓦尔迪兹"号挂上挡。他抓住舵轮,当它开始转动时,他也随之转起来——一下子坐到了地上。然后他开始兴奋地滔滔不绝起来。

"嘟嘟，哞，"麦克吉沃先生叫道，"我看我快要变成风帆了！驾喔，快跑，我们已经从波多贝罗跑出了四十里格[1]！子弹用完了！小吉姆，你打到一点猎物了吗？——我的名字叫朗·约翰·西尔弗[2]——你叫什么？……"

就这样一通胡说。不管怎样，我要把老麦克吉沃先生从地上拉起来，正在这时，一名水手走上舰桥，他一定是听到了吵闹声。

"我想麦克吉沃先生喝多了，"我说，"也许我们应该把他扶回船舱。"

"好，"水手说，"不过我见过他比这喝得更醉。"

"这是你的黑券，小子！"麦克吉沃先生喊道，"老瞎皮尤知道分数。把骷髅旗举起来！你们全都缴械投降吧！"

我和水手把麦克吉沃先生抬到他的铺位上，放了下来。"我要把你们都扔进船底。"这是麦克吉沃先生说的最后一句话。

"嘿，"水手说，"你知道麦克吉沃船长为什么启动发动机吗？"

---

[1] 里格为长度单位，通常在航海中使用，1里格约为3海里。
[2] 小说《金银岛》中著名的海盗。

"不——我什么也不知道。我是气象站的。"

"什么？"水手说，"该死，我还以为你是引航员呢。"

"我？不，我是军队里的列兵。"

"天哪，我的上帝！"他说，"船上装了一千万加仑的原油啊！"他说着冲出门外。

很显然我对麦克吉沃先生无计可施，因为他已经睡着了——如果你认为这叫睡觉的话。于是我回到舰桥上。舰桥上没有人，船似乎在航行，浮标和其他什么东西飞速从我们身边掠过。我不知如何是好，于是就抓紧舵轮，想保证我们至少直线行驶。我们还未驶出多远，船突然剧烈地颠簸了一下。我想这下好了，"埃克森·瓦尔迪兹"号终于停下来了。然而，情况并非如此。

突然间，似乎有上百个人冲上了舰桥，每个人都咆哮着，尖叫着，彼此下达着命令，其中一些人甚至互相竖起中指。没过多久，海岸警卫队的一些人就来到船上，抱怨我们把一千万加仑的原油倒进了威廉王子海湾。鸟、海豹、鱼、北极熊、鲸鱼，以及因纽特人——都将因我们现在的所作所为而毁灭。这将是地狱般的代价。

"这个舰桥上谁负责？"海岸警卫队的一个官员问。

"是他！"舰桥上的所有人一齐叫喊着，全都把手指指向了我。

我想我又要倒霉了。

疯子军人为舰船掌舵惹祸，这是报上的头条之一。**已确诊神经病患者造成油船泄漏**，这是另一条报道。**危险的傻瓜闯下大祸**，这是我最难以忍受的那种典型的狗屎标题。

总之，他们从华盛顿派了一位三星上将来处理我和我的问题。某种程度上我走运了，因为军队不希望在任何意义上和"埃克森·瓦尔迪兹"号骚乱所受的指责扯在一起，而他们能够采取的最佳做法就是把我弄走——越快越好。

"阿甘，"上将说，"如果我能做主，我会把你开除出军界，但是既然不由我做主，我就要为你做出下面这个最好的安排，我要把你这个大傻瓜调得离这里越远越好。这回，要把你调到柏林，在德国。或许，如果我们足够走运，没人能在那里找到你，那么他们就不得不把对这场灾难的所有责罚，都归结到老船长麦克吉沃身上。你听懂我说的了吗？"

"是的，先生。"我说，"但是，我怎么去那里呢？"

"坐飞机，阿甘。已经在跑道上了，引擎也发动了，你还有五分钟。"

10

去德国可绝对不是我所得到的嘉奖。因为我是戴着手铐、脚镣,由四名军警押送到那里的。他们一直在提醒我,他们收到命令,如果我做任何搞怪的事,他们就会立刻用警棍敲开我的脑袋。

一定是有高层下达了命令,要给我分派全军最苦最累的活儿,这道命令被忠诚地执行了。我被派到坦克连,任务是洗掉坦克履带上所有的泥巴——让我这么说吧:在冬天的德国,坦克跑道上烂泥可真多。

还有,我就竹筒倒豆子直说吧,我简直成了倒霉的约拿什么的,因为除了中士以外没人跟我好好说话,他们都对我吼来吼去。天气寒冷又潮湿,夜晚尤其糟糕,我从来没有这样孤独过。我给小佛洛斯特写了几封信,但他的回信很短,我觉得他可能已经把我忘了。有时候在夜里,我试着梦见珍妮，但是没有用。看起来她也把我忘了。

一天，有人告诉我，我将有一个帮手，我得让他了解情况。我来到车辆调配厂，一个人正站在那儿盯着履带看，那条履带上面大约有一百磅重的泥巴。

"嗨，你就是新来的？"我问道。

当他转过来时，我差点晕了过去，这不是克兰兹中士吗？越南的那个克兰兹中士，麦克吉沃先生养猪场附近那个军事基地的克兰兹中士，我们还在他那儿给猪收集过餐厨垃圾！这时我注意到，克兰兹中士已经不再是军士长了，他现在只是一个列兵。

"哦，不！"这是他看见我时嘴里冒出的第一句话。

克兰兹中士似乎把从中士降为列兵的坏运气都怪罪到了我的头上，即使我是个傻瓜，也能看出他有点夸张了。

事情是这样：在我跟麦克吉沃先生结束了猪农场生意之后，克兰兹中士决定把军队里的餐厨垃圾出售给当地的其他养猪场，过了一段时间，他们赚了很多钱，但不知道该用这些钱来做什么。于是，他建议用这些钱建一个新的军官俱乐部，将军对于这个计划非常高兴，就命令克兰兹中士负责这个俱乐部的修建工作。

俱乐部开张的那天，他们举行了盛大的典礼，乐队，免费酒水，等等，晚上，在典礼的最后，他们雇了一位从澳大利亚远道而来的脱衣舞演员上台表演。他们说她不仅是澳大利亚最好的脱衣舞娘，也是全世界最棒的。

总之，军官俱乐部乌压压的全是人，根本就看不见这个舞娘的表演。在某一时刻，将军为了看得更清楚，就自己站到了屋子后面的一张桌子上。然而，似乎是克兰兹中士安装的吊扇比标准高度低了大概一英尺，结果当将军站到桌子上时，电扇打到了他的脑袋，削掉了他的头皮，就像印第安人干的那样。

将军暴怒，咆哮着，怒吼着："我该怎么对我老婆交代呢？"于是，当然，他归咎于克兰兹中士，就地把他降了军阶，并送到我们这个地方，干部队里最脏最累的活儿。

"在部队里，我可是头一批升到士官军阶顶层的黑人士兵，"他说，"但是好像无论什么时候我一遇到你，阿甘，就注定要开始倒霉。"

我告诉他我很抱歉，但是把这件事怪到我头上似乎不太公平。

"是的，阿甘，也许你是对的。只不过我已经服役二十八年，马上就要到三十年期限了，却发现自己最后又变成了一个列兵。"他说，"总要有人对此负责——这就是部队里的规矩。责任并不在我，否则你怎么解释我一路升到了士官的最高一级？"

"或许你只是走运，"我说，"我的意思是，至少你已经当了很长时间的中士，而我呢，始终都处在这些狗屁军阶的最底层。"

"是的，"他说，"或许是吧。不管怎么说，我想，一切都无关紧要了。再说，这样也值了。"

"怎样？"

"看到电扇把那个老混蛋的脑袋削平了。"他说。

不管怎么说，我跟克兰兹中士干起了专门用来折磨我俩的工作。这个师好像故意跟我俩过不去，坦克上的泥巴总有两英尺厚。我们从早到晚地刮泥、挖泥、铲泥、冲泥。当我们回到营房时，他们还嫌我们太脏，不让我们进去，在大冷天把我们用水管冲刷一遍。

克兰兹中士难得聊天，一旦聊起来，基本上说的都是越南，不知为什么，他对那里念念不忘。

"是的，阿甘，"他说，"那是一段好时光。一场真正的战争——不像现在派给我们这些警备的烂活儿。那时我们有坦克，有手榴弹，有轰炸机，完全可以把敌人打得屁滚尿流。"

"有时候我们也被敌人打得屁滚尿流。"

"嗯，对，事情就是这样。在战争中，人们会被杀。

所以才叫战争。"

"我从来也没杀过人。"我说。

"什么？你怎么知道？"

"呃，我想我没杀过。我只开过一两次枪，都打在了灌木丛之类的东西上。"

"这没什么可骄傲的，阿甘。实际上，你应该为自己感到羞耻。"

"哦，那你看布巴怎么样了？"我问。

"谁怎么样了？你说的是谁？"

"我的朋友。他被杀了。"

"哦，是的，我想起来了——你跑出去救的那个。呃，他可能做了什么蠢事。"

"是的，"我说，"比如参军。"

日子就这样一天天过去了。克兰兹中士并不是最有趣的聊天伙伴，但至少他还算一个伙伴。不管怎样，我开始相信我永远也不能把这些烂泥除完了，就在这时，某天有人过来说，驻地指挥官要见我。他们把我冲洗了一遍，我来到了指挥部。

"阿甘，我知道你打过一点儿橄榄球，是吗？"指挥官问。

"是的，打过一点儿。"我说。

"给我讲讲。"

于是我讲了一遍。当我讲完时，这个指挥官说："天哪，我的上帝！"

至少，我不用再去全天冲洗坦克了。不幸的是，我现在必须整夜冲洗它们。但是在白天，我可以跟驻地橄榄球队一起打橄榄球了。我们被叫作"斯崴门酸泡菜"队。

可以说，"酸泡菜"算不上一支顶好的橄榄球队。去年我们的成绩是零胜十一败，而本赛季已经三连败了。这有点让我想起了新奥尔良的"菜鸟"。总之，四分卫是一个有点古怪的家伙，叫彼得，他在高中的时候打过橄榄球。他跑得很快，人也机灵，传球也不赖，但是说到底他可不是"蛇人"，这是肯定的。驻地指挥官当然对我们的成绩很不满，决定让我们进行更多的训练。一天大约十二个小时。训练结束后，我还得回去清洗坦克，直到凌晨三点——但我没事，至少我可以不再去想别的事情了。还有，他们让克兰兹中士——嘘，是克兰兹列兵——担任球队的队长。

我们的第一场橄榄球比赛是对汉堡驻地的热动力连。他们是一群肮脏下流的家伙，在整个比赛中又咬又抓又骂，但是我撞翻了他们所有的人，最后以四十五比零结束了比赛，我们完胜。接下来的三场比赛同样如此，于是我们记忆中第一次超越了自己。指挥官高兴得忘乎所以，叫所有人都大吃一惊的是，星期天他给我们放了一天假，于是我们可以进城了。

这是一座美丽的小城，有着古老的建筑，狭窄的鹅卵石街道，窗台上还安着怪兽滴水嘴。城里的所有人都说德语，但是我们当中没人听得懂。我会的德语只限于"ja"[1]。

当然，这些家伙很快就找到了一家啤酒屋。没过多久，我们就坐进去大杯大杯地喝起了啤酒，由穿着德式女仆服的女侍应招待着。能离开军队驻地到城里来转转可真好，所以我自己甚至也喝了一杯啤酒——虽然周围的人说的话我连一句也听不懂。

我们在啤酒屋里一连坐了几个小时，我想我们开始吵嚷了起来，因为屋子另一头有一群德国的家伙，似乎正在对我们怒目而视。他们对我们嘟囔着什么，比如affenarschs[2]和scheissbolles[3]之类的，但是我们听不懂，所以

---

1 德语中常用的语气词，表示肯定或赞同，也表示怀疑或强烈的愿望，类似嗯、哦等。同理还有后文出现的"Ach"。
2 德语，傻瓜、白痴。
3 德语，狗屎，混蛋。

就继续我行我素。过了一会儿，我们当中的一个人把手放到了女侍应的屁股上，这个女人倒没太介意，但是那群德国家伙介意了。他们当中的几个来到我们桌前，大声说了一通什么话。

"Du kannst mir mal en den sac fassen！"[1]德国人中的一个说。

"嘿，你说什么？"我们名叫蒙戈的右内边锋说。

德国家伙又重复了一遍他的话，蒙戈——他大概有十英尺高——只是坐在那儿，一脸迷惑。最后，我们当中一个懂一点德语的人对蒙戈说："不管他说了什么，反正不是好话。"

蒙戈站起身，冲着那个德国人说："不管你到底要做什么，哥们儿，我们可不买你的账，所以你最好走开。"

德国人也没买账。"Scheiss。"[2]他说。

"他在说什么？"蒙戈问。

"跟屎有关吧。"我们的人说。

呃，事情就是这样。蒙戈一把抓住那个德国人，把他扔到了窗外。剩下的德国人气势汹汹地跑过来，一场殴斗开始了。人们殴打着，撕咬着，叫喊着。女侍应在尖叫，

---

1 德语，你给我小心一点！
2 德语，狗屎。

椅子到处乱飞。就像从前在新奥尔良的旺达脱衣舞俱乐部一样。

有个家伙拿起一个酒瓶想砸我的脑袋,这时我感到有人抓住我的手腕把我往后一拉。原来是一个女侍应,她把我拉到一扇后门那里,接下来,等我明白过来,我们已经到了大街上。远远地,我听到警车在鸣笛,心想这一次至少我已经离开了那里,不会再以蹲监收尾了。这个女侍应是个漂亮的德国女孩,她把我领到一条小巷子里,远远地离开了吵闹之地。她的名字叫格蕾琴。

格蕾琴不太会说英语,但是我们可以用手势交流,我笑着说"ja",而她努力用德语告诉我一些事情。总之,我们一起走了很远的路,出了村子,爬上一片美丽的山岗。那里遍地开着小小的黄色野花,远处则是白雪覆盖的山峰。往下看,山谷里一片葱绿,点缀着小小的房舍。远远地,我听见有人在用约德尔唱法唱着歌。格蕾琴指着我,问我的名字。我告诉了她。

"嗯,"她说,"佛洛斯特·甘是一个好名字。"

过了一会儿,我们爬到了一片美丽的牧场,坐下饱览四周的风景。牧场里有一些羊群,越过山谷,可以看到太阳正照耀着阿尔卑斯山。我们可以看到下方有一条河缓缓流过山谷，正沐浴着午后的阳光，这一切都如此平静而美丽，让你想永远留在这里。

格蕾琴跟我，我们发现交流起来容易一些了。格蕾琴终于说清楚了，她来自东德，俄国人占领了那里，建起一道高墙，阻止人们离开。但是格蕾琴设法逃了过来，已经在这里做了五年的女侍应。她希望有一天能够让她的家人也到这边来。这里不会把你圈在一堵墙内。我试着告诉格蕾琴我的故事，但是不知道说清楚了多少。这不要紧，因为无论如何我们都已经成为好朋友了。在某一刻，她再次抓起我的手，紧紧握住，然后把头靠到我的肩上。我们就这样坐在那里，直到这一天结束。

在接下来的几个月里，我们继续打橄榄球。我们从海军比到空军，大多数对手还是陆军。当我们的赛事靠近格蕾琴家时，我就会邀请她来观看比赛。她好像不太懂橄榄球，她说的最多的就是"Ach"，但这并不要紧。有她在身边就很好。还有一点，我想，我们不讲同一种语言也许是好事，因为这样她可能就不会发现我是一个多么傻的人，就不会离开我了。

一天，我来到村子里，跟格蕾琴一起沿街散步，我告诉她我要给小佛洛斯特买一些礼物。她很高兴，说她愿意帮忙。我们进了好几家商店,她给我看了一堆的东西,有锡制的士兵小人、木制的玩具拖拉机等,但是我不得不告诉她小佛洛斯特已经不是小孩子了。最后,我找到了他一定会喜欢的东西。

那是一个很棒的德国嗡姆吧[1]号,铜管等各处都闪闪发亮,就像德国人星期六晚上在啤酒屋里演奏的那种。

"佛洛斯特,"她说,"那太贵了。以你在部队里当列兵的薪水,根本就付不起这个钱呀。这我是知道的。"

"是的,"我说,"不过这应该不要紧。瞧,我没办法跟小佛洛斯特长期相处,我考虑的是,如果我能送他一些不错的礼物,他就不会忘了我。"

"哦,佛洛斯特,"格蕾琴说,"不是这样的。我敢说,如果你每个星期给他好好写上两三封长信,他一定会更加感谢你,绝对要超过买这个大号。"

"也许是吧。"我回答说,"但是,瞧,写信并不是我的特长。我的意思是,我似乎知道自己想说什么,但是无法在纸上把它们表达出来。我想你可以说我更善于'实际去做',你明白我的意思吗?"

"嗯,佛洛斯特,我明白。但是,哦,买这个号要花掉你八百美元。"

---

1 指铜管乐器组发出的嗡姆吧声。

"不要紧,"我说,"钱我已经攒够了。"

于是我买下了这个嗡姆吧号。其实,我算是还过价了,因为这个店主并没有为我连同号一起寄的便条多加钱。毕竟,一张便条又没有多大。上面写的话跟以前一样,不外乎告诉小佛洛斯特我很想念他,很快就会回家了。结果,这最后一句话又成了我的胡扯。

总之,到了本赛季末,"酸泡菜"队的战绩是十胜三负,这样我们就可以去柏林参加全军冠军赛了。克兰兹中士高兴得忘乎所以,说如果我们能再赢一场比赛,就再也不用干清洗坦克这种烂活了。但是我并不这么肯定。

终于,我们的大日子来了。在比赛的前一天晚上,我离开兵营去村子看望格蕾琴。我到的时候,她正在啤酒屋里给客人服务,在上完一大盘啤酒之后,她抽出空,拉起我的手。

"我很高兴你今晚能来,"她说,"我一直都在想你,佛洛斯特。"

"我也一样。"我说。

"我在想,也许我们明天能出去野餐,我有一天的假。"

"哦,我也想去,不过我明天得去打橄榄球。"

"哦!"

"不过,我不知道你是否可以来看比赛?比赛在柏林。"

"柏林?可是那太远了。"

"我知道,"我说,"但是他们搞了辆大巴车,给配偶什么的坐。我想我可以让你坐那个。"

"哦!"格蕾琴说,"对于美国的橄榄球,我并不懂。但是如果你让我去,那我就去。"

于是我们就这样做了。

在柏林墙附近的一个大球场,我们举行了全军冠军赛。对手是来自第三装甲师情报部门的威斯巴登·魔法师队,我得说,他们非常聪明。

我们块头更大,速度更猛,但是他们搞情报的家伙更狡猾。首先,他们对我们使出了"自由女神"战术。我们这边没人见过"自由女神"战术,所以他们一上来就获得了一次触地得分。

接着,他们又使出了"合理擒摔"战术,很快比分就打成了十四比零,他们领先。我们这边,每个人,包括克兰兹中士,都闷闷不乐起来。

到了下半场,威斯巴登·魔法师队又在防守上摆出联合式闪电战术，使我们在第四次进攻时不得不退到我们自己的两码线上。更糟糕的是，我们的踢球手扭伤了膝盖，不得不退出比赛。大家乱作一团后，有人说了句："现在谁来踢球呢？"

"别看我。"我说，但是，的确每个人都在看我。

"可我以前从来没有踢过球啊。"我说。

"没关系，阿甘，"有人说，"我们已经被打得落花流水了，如果要找个替罪羊，也应该是你。反正你已经有过处分记录。"

事情就是这样。我退回到我方的底线，这时中锋突然把球传给了我。但是，不知怎么回事，对方突然来了个釜底抽薪，攻破了我方的整个防线，神出鬼没地出现在我方的后场。我本来打算开始踢球，但是又决定如果能赢得更多空间会更好，于是我带球跑了起来。我在球门口来来回回地跑，自己也不知道跑了多少圈，以为或许已经跑了一百多码——当然，我跑错了方向。最后，我瞅准威斯巴登·魔法师队球员马上就要抓住我的一个空当，使出全部力气把球高高地踢起。我站在那里，看着球飞到空中。每个人都站在那里，看着球飞在空中。它飞得如此之高，以至于飞出了视野之外。后来他们说他们从未见过这样的一脚。

不幸的是，它飞出了比赛场，飞过了柏林墙，消失在了大墙的另一边。现在，我们惹了麻烦。每个人都厌恶地看着我，指指点点，吼叫着，咒骂着。

"好吧，阿甘，"有人说，"你现在得去把我们的球找回来。"

"什么？你的意思是爬过这道墙吗？"我问。

"你还能怎么把它找回来，你这头蠢驴？"

于是我就这样做了。

几个人把我举起来，帮我翻过墙。我在墙的另一边一落地，就看到塔楼上站着一群士兵，全都荷枪实弹。我从他们面前跑了过去，居然没有一个人有所反应，我猜是因为他们从未见过有人试图进入他们的国家——他们在那儿是要开枪打想出去的人。

突然间，我注意到巨大的吵嚷声，听起来像是有成百上千个人正从我认为球该落地的地方跑过来。事实证明，我惹了个大麻烦。

在柏林墙的这一边正在举行足球世界杯总决赛。事实上比赛已经进行到了东德队与俄国队对战的最后两分钟，来自世界各地的人都在观看比赛。

这些人，尤其是欧洲人，把足球比赛看得非常严肃。

我走进体育场，一时间没有看出发生了什么事，但情况看起来似乎有些不妙。事情是这样的：在我踢飞我的橄榄球时，东德队正好要射门，他们的运动员带着足球往前场跑，已经到了俄国队的球门柱，这时，我的橄榄球弹到了正在带球的运动员面前。因为出其不意，他立刻慌了神儿，结果误把我的橄榄球踢进了俄国队的球门，而不是他自己的足球。起初，德国人全都气疯了，因为他们马上就要一脚射门赢得比赛了。

接下来裁判员发话了，因为踢进球门的不是足球，所以射门无效，这时，宣布比赛结束的哨子吹响，俄国人打成了平局。德国人不知所措，接着就出现了骚乱，当我来到比赛场想把我的橄榄球要回来时，似乎全场都开始骚动。他们从看台涌上比赛场，朝我怒吼着"Du schwanzgesicht scheissbolle Susse！"[1]以及其他诸如此类的话，很明显，这些话并不友好。

此时，如果你看到成百上千个怒气冲冲的德国球迷扑向你，我不知道你会怎么做，反正我掉头撒腿就跑。我再次从塔楼上的士兵面前跑过，这一次他们朝我胡乱开了几枪，我希望那只是吓唬我。最后，我开始爬墙，这时那伙暴徒也追了上来。一时间几千人来到墙下，我想那些士兵一定不知所措了，结果他们确实什么也没做，只是站在那茫然地看着。我马上就要翻过去了，这时有人抓住了我穿

---

[1] 德语，你这混蛋还有脸来！

的橄榄球裤，开始把我往下拖，结果因为我一下子翻过了墙，他们只扯掉了我的裤子。

我跳到墙的另一边，但是一群愤怒的德国人也翻了过来，继续绕着橄榄球赛场追我。然后，有更多的德国人开始翻墙，接着又是另外一群，我想他们为了追我，就开始扒墙。很快，只是为了抓住我，他们就要把整座柏林墙都扒倒了。

我们这边所有的人都只是站在那里，有点震惊，当我从驻地指挥官身边跑过时，身上只穿着一条三角裤。

"阿甘，你这个白痴，"指挥官对我吼道，"他们警告过我要小心你！这是什么意思？你引起了一场国际争端！"

关于这一点，他说的是对的。但是当时我没有时间去琢磨了！克兰兹中士正在用拳头猛砸他的膝盖，脸全白了，吼叫着什么我们恐怕要"永远执行坦克履带任务"了。这时我一眼看见了格蕾琴，她正站在观众席上。

她朝我挥手叫我上去，然后抓起我的手把我拉到了街上。

"我不知道你都做了什么，佛洛斯特，但是我要告诉你——他们推翻了柏林墙，这是三十年来我们国家第一次结束了分裂。也许我可以见到我的家人了，嗯？"

我和格蕾琴一起在一条巷子里躲了一会儿，然后她把我带到她的几个朋友家里。想想我当时的着装，那情景有点尴尬，但是他们根本没在意这个。他们都很激动，因为电视上正在播放东德人推翻了柏林墙，在大街小巷里到处欢笑雀跃。他们似乎已经忘了我毁掉了他们的世界杯足球赛，人们彼此亲吻着、拥抱着，每个人都很开心。

不管怎样，格蕾琴和我，第一次在一起过了夜。不知为什么，之后我并没觉得内咎。当我穿过走廊去浴室的时候，我有点期待珍妮会再次出现，我有点感到她似乎正在看着我，但是她并没有出现。

11

好吧,各位,我跟格蕾琴坐上一辆火车回到了我们居住的欧嘎姆嘎村或其他什么地方。当我回到驻地时,更意想不到的事情在等着我。指挥官结束了我清洗坦克履带的任务,却让我去永久打扫营地厕所,就像电影《荒唐大兵》的情节一样。

他非常恼怒,因为如他所说,我所做的可能会害他丢掉饭碗。

"阿甘,你这个傻瓜,"驻地指挥官叫喊道,"你意识到你惹了什么祸吗?德国人拆掉了他们的墙,现在人人都在谈论共产主义结束了。"

"你看看《纽约时报》是怎么说的。"他吼叫着把报纸丢给我。

傻瓜导致冷战结束,这是报上的头条。

显然，一次偶然的橄榄球比赛踢球失误，终结了一些专家认为的已持续近五十年的东西方的分裂。

据消息来源人向本报透露，昨天，一名叫佛洛斯特·甘的美国陆军列兵，在驻德国各军种之间的橄榄球比赛决赛中，踢球失误，使得橄榄球飞过柏林墙，正好落在民主德国队对苏联队的足球世界杯冠军赛的场地中央，当时比赛已经进行到最后几秒。

消息来源人说，之后甘先生翻过柏林墙去取出界的橄榄球，而当时该球已在足球比赛场上引发了混乱。愤怒的球迷，估计应在8.5万人到10万人，开始追赶甘先生，显然是要对他加以人身伤害。

甘先生据说在智力上有障碍，他逃回柏林墙脚下，爬墙翻回了联邦德国的地界。消息来源人说，拼命追捕甘先生的球迷们，紧跟着也翻过了柏林墙，并且开始拆这座标志着几十年压迫的屏障。

随后，抱有不同政治信仰的柏林人全都欢呼雀跃，联手拆除了这道墙，最后还举行了消息来源人所称的"世界上最大的街头流水宴和啤酒狂欢节"。

混乱中，甘先生显然已经逃离，未受到人身伤害。

民主德国与苏联的足球比赛结果为三比三平。而美国橄榄球比赛在中断时的比分目前尚未获悉。

"阿甘,你这个白痴,"驻地指挥官说,"我们没有共产主义了,我们没有理由待在这里了!甚至连该死的俄国佬都在谈论放弃共产主义,如果没有了共产主义,那我们要跟谁打仗呢?你让我们整个军队都成了多余的!现在他们要把我们这些傻瓜送回老家,说不定要去帕卢卡维尔的哪个荒凉驻地,我们就要丢掉我们梦寐以求的岗位了——德国阿尔卑斯山里这种古香古色的小村子对我们来说是最好的驻地。阿甘,你毁掉了一个士兵的梦——你的脑子一定是被狗吃了!"

他就这样咆哮着,敲着桌子,把指挥部扔得乱七八糟。我不是不明白他的大意,只不过争辩也无益。于是我回到营地厕所,担负起我的新职责:用刷子和其他清洁剂不断用力刷洗瓷砖。克兰兹中士因为跟我有关系,被分配的任务是在我身后把这些瓷砖擦干净。他对此同样非常不快。

"我们清洗坦克履带的时候,倒不用搞得这么干净。"他这样表达着不满。

每周一次,在星期天,我会拿到进城的通行证。但是驻地指挥官命令两名军警一直跟着我,不让我离开他们的视线。这样一来，当然就令我很难再与格蕾琴进行体面的交往，但是我们尽力做到了。现在，天气太冷了，不适合再到山上去野餐。阿尔卑斯山的冬天冰冷刺骨。大多数时候我们会走进啤酒屋，坐在桌前，只是彼此握着手，而军警就在一旁看着我们。

格蕾琴真是个好人，她不想一辈子都只当个啤酒女侍应，但是又不知道还能做什么。她长得很美，却说她感到人生已经离她远去。

"我现在去当模特已经太老了，"她说，"但是什么都不做又为时过早，或许我会去上大学，好好混出个样儿来。"

"对，"我说，"那样应该比较好，我也上过大学。"

"嗯，佛洛斯特？那么你学的是什么呢？"

"橄榄球。"我说。

"哦！"

正如我妈妈甘女士所说，好景不长，从无例外。

没过多久，驻地指挥官就叫我们全体集合，宣布了一个消息。

"大家听好，这里有一个好消息，也是一个坏消息。"

听了这话，队伍里发出一阵喊喊喳喳的低语声。

"坏消息是对于——"他说,"你们这群胆小鬼当中那些光领薪水、却不愿履行军人职责的人而言的。"

又出现了一阵低语。

"好消息是对于你们当中那些希望去杀人、去送死的人而言的——你们不会不知道,杀人和送死就是你们的职责。现在你们有了这个机会,这要感谢狗娘养的萨达姆·侯赛因,就是掌管着伊拉克那个阿拉伯人,现在,他已经对我们的最高指挥官宣战,也就是美国总统乔治·赫伯特·沃克·布什。"

听了这话,一些低语变成了欢呼。

"那么,"指挥官说,"我们将全体转战伊拉克,狠揍那个异教徒的屁股!"

于是我们就这样做了。

在我们开拔的前一天夜里,我搞到一张通行证去最后一次看格蕾琴。她刚刚攒够了上大学的钱,实际上正在上她的第一堂课。我待在教室外面,等她出来。

"哦,佛洛斯特,"她说,"感觉太棒了,我正在学英文!"

我们拉着手走了一会儿,然后我告诉她我们马上就要离开了。她既没有哭叫也没有吵闹什么的,只是紧紧抱住我的手臂,说她知道这种事情迟早有一天要发生。

"我这辈子,"格蕾琴说,"已经学会了不要指望好事发生,但我还是希望它们降临。有一天你会回来的,嗯?"

"嗯。"我这样告诉她,但我不知道这话是不是真的。毕竟,我这辈子运气同样不太好。

"等你回来的时候,"格蕾琴说,"我的英语就跟你说得一样好了。"

"嗯。"我说。

无论如何,第二天一早我们离开了德国。

首先,我们带上所有的装备,如坦克、自动冲锋枪等,开往沙特阿拉伯。到那儿时,我们师有一万八千人。我们整支军队大约有一百万人,而阿拉伯人的数量是我们的两倍,对此我们的领导人诺曼·沙伊斯科普夫将军说,这才是一场公平的战斗。[1]

萨达姆正率领他的阿拉伯军队侵略小国科威特,后者主要因其油井而为世人所知。实际上科威特的原油足够整

---

[1] 据资料记载,海湾战争中美军在海湾地区的总兵力为43万人(其中陆军26万人,海军5万人,空军4万人,海军陆战队8万人)。伊拉克的总兵力则达到120万人。《阿甘后传》为戏说式的虚构小说,所涉及的历史事件数据不一定准确,但言伊拉克兵力人数为美军两倍,基本上符合实际情况。

个美国运转十年——我猜这就是我们赶赴那里的原因吧。我们要把伊拉克人赶走,这样我们就可以保住这些石油。

有一件事在我脑海中印象最为突出,那就是沙特阿拉伯到处都是沙子和尘土。无论我们走到哪里,到处都是沙土堆成的山丘。沙土会灌进你的眼睛里、耳朵里、鼻子里和衣服里,你越想洗掉,灌进去的就越多。有人说这些沙土是军队用卡车运来的,这样,在跟萨达姆·侯赛因打仗之前,我们就不会过得太舒服了。

因为这里的营地没有厕所,只是在地上挖一个坑,克兰兹中士跟我就重新做起了清洗坦克履带的工作,不过这一次坦克上不再有泥巴,我们必须清洗掉的是沙子和尘土。每天我和克兰兹都要围着这些履带忙乎,当然不出五分钟上面又沾满了沙子和尘土。

无论如何,有一天,我们都获得了休息的时间,便进了城。

我们并不快乐,因为在沙特阿拉伯几乎看不到威士忌和女人。实际上在这里威士忌和女人都是违法的——是的,酒肯定是违法的,女人可能也是如此,因为她们出来转时都穿着大斗篷,所以你除了她们的眼睛什么都看不到。阿拉伯男人也穿斗篷,而且大多数人都穿那种鞋尖向上卷的小鞋子。有人说那是因为他们在沙漠里拉屎时,可以抓住鞋尖以保持身体的平衡。管他呢。

不管怎样,我想既然我到了集市里,就该再给小佛洛斯特寄一件礼物,这样他才不会以为我从地球的边缘掉下去了。我走进一家商店,四下寻找可买的东西,这时店主走上前,问我想要什么。我告诉他我要给我儿子买礼物,他听了眼睛一亮,一闪身消失在帘子后面,然后又拿着一个沾满灰尘的木匣走了出来,把它放到了柜台上。他打开木匣,我看到里面有一把寒光闪闪的刀。

店主小心翼翼地抚摸着刀柄,刀柄是黑色木头做的,上面镶嵌着一串宝石。这是一把弯刀,刀身很宽,上面刻着各种各样神秘的阿拉伯文。

"这是我们伟大的拯救者、高贵的萨拉丁在十二世纪打败欧洲十字军时所佩的短刀,"店主说,"它是无价之宝。"

"是吗?"我说,"那我怎么才能买下它呢?"

"你要买的话,一千九百九十五美元。"他说。

就这样我买下了它,还以为会有什么陷阱,比如随之寄出的便条会收我上千美元,结果并没有。实际上,这个男人说他们会免费用船把这件礼物运到美国。我想这够不错了,就给小佛洛斯特写了一张便条,告诉他店主给我讲的这把刀的历史。我警告他这把刀很锋利,可以用来裁纸，所以不要用手指去摸刀刃。我知道他一旦收到这把刀，一定会乐得发疯。

然后，我和其他人继续一起沿街道走着，每个人都在发牢骚，因为除了买纪念品和喝咖啡之外完全无事可做。我们穿过几条黑暗的小巷，那里卖的东西，从香蕉到邦迪创可贴一应俱全。我看到了某样东西，不由得停住脚步。几根竿子插在土里，架起一个小遮阳篷，下面坐着一个人正在喝一大罐"酷爱"果汁，然后演奏起手摇风琴。我没有立刻看清他的脸，但是他牵着一根绳子，绳子尽头是一只大猿猴，看起来非常眼熟。猿猴正在跳舞，那个男人面前放着一个小锡杯，基本上，他是个乞丐。

我走得更近了一些，猿猴有点滑稽地看了我一眼，接着就跳进了我的怀里。它太重了，一下子把我撞翻在地。我抬起头，眼前是苏的面孔，我一下子想起了在新几内亚作为一个太空人的那些美好的日子。苏磕着它的牙，湿乎乎地狠狠亲了我一口，一边诉说着什么一边啜泣着。

"把你的手从那人猿身上拿开。"一个声音对我说。猜猜怎么了，我看向坐在小遮阳篷下面的那个人，这不是丹中尉吗！我太惊讶了，简直要晕过去了。

"伟大的神，"丹说，"阿甘，真的是你吗？"

"是的,先生,我估计是。"

"该死的你跑到这里来做什么?"

"我想我也应该问你这个问题。"这是我的回答。

丹中尉看起来比我上一次见他的时候好多了。那还是在诺斯上校把他送进华特·里德医院之后。他们治好了他的咳嗽,他增加了一些体重,眼中也有了从前没有的光泽。

"对了,阿甘,"他说,"我读了报纸,你没在监狱里浪费太多时间。你跟阿亚图拉耍了花招,因为藐视国会被投进监狱,然后引发了宗教主题公园里的一场骚乱,又因诈骗了上百万人而被逮捕入狱,然后因一起全球最大的海洋环境破坏案而被问责,不知怎的又导致了欧洲共产主义的终结。总而言之,这几年你过得真是多姿多彩啊。"

"是的,"我说,"也许够得上这么说。"

这段时间,丹中尉一直在努力提升自己。刚进华特·里德医院时,他几乎自暴自弃了,但是医生说服了他,让他相信自己还能过几年好日子。他解决了部队养老金的问题,从此摆脱了只能勉强糊口的生活。他到处旅行了一段时间,多半是乘坐军方的飞机,依照养老金政策,他有权这么做,他就是这样来到沙特阿拉伯的。

他说,有一段时间,他去了新奥尔良,想追溯过去我们在那里的时光，再尝一尝美味的半壳牡蛎。他说新奥尔良跟大多数地方不一样，并没有发生太大的变化。一天，他坐在杰克逊广场上——那是我过去进行千人乐队表演的地方——看见一只人猿走过来，他认出那是苏。苏一直靠跟着那些在街头唱歌跳舞卖艺的人来养活自己，它自己也学会了一点跳舞。当人们向锡杯子里扔钱时，苏便抓起它认为属于它的那份，然后掉转屁股离开。

总之，苏跟丹中尉结了伴，苏会用一个杂货店购物车推着丹在城里到处转，因为尽管丹还带着他的假腿，但实在是很不方便。

"需要用假肢时，我就把假肢装上，"丹说，"但坦白说，其实只用屁股走路更方便。"

"我还是不理解你为什么要来这里。"我说。

"因为这里马上就要开战了，"他说，"佛洛斯特，我的家族九代以来从来没有落掉任何一场战争。我不会成为破坏这个纪录的人。"

丹中尉说他知道，从技术上来说，他已经不再适合当兵了，但是他要留在这里，等待机会做一些有用的事。

得知我隶属于一支机械装甲部队，他简直喜出望外。

"这正是我需要的——代步的家伙！不管有腿还是没腿，我都能杀阿拉伯人，我可以跟别人干得一样好。"他就是这么说的。

接着,我们去了"卡兹巴"[1],或者叫其他什么名字,给苏买了一根香蕉,我和丹中尉则喝起了一种里面放了蝌蚪或其他什么东西的汤。"你知道,"丹中尉说,"我真希望阿拉伯人有牡蛎,不过我敢打赌,恐怕方圆一千英里都找不到一个。"

"都找不到什么?"我问,"阿拉伯人吗?"

"不,你这傻瓜,是牡蛎。"丹说。

反正,那天下午快结束时,丹说服了我把他带回我的坦克连。在带他去兵营大院之前,我去指挥部又领取了两套工作服,一套给丹,一套给苏。我想,对于带苏进去,我要费一些解释,但无论如何,我们要试一试。

结果,没人对丹中尉的加入说一个不字。实际上,那些人都很高兴,因为除了我和克兰兹中士之外,他是我们这个集体当中唯一有过战斗经验的。现在,只要当众露面,他都戴着他的假肢,就算疼他也忍着。他说军队可不是满地乱爬和坐购物车的地方。同样,大多数人都喜欢苏,它现在可是行窃的好手。不管我们想从别人那儿偷点什么,它都是干活儿的最佳人选。

---

[1] The Casbah,北非城市的旧城区。

每天晚上我们都坐在营地前，观看萨达姆·侯赛因对我们发射的飞毛腿导弹。多数时候它们在空中就被我们发射的导弹引爆了，完全就像大型烟火秀，不过偶尔也会出现意外。

一天营指挥官来这里视察，把我们召集到了一起。

"好了，各位，"他说，"明天我们就要整装出发了。黎明时分，我们所有的喷气式飞机、导弹、大炮以及百宝箱里的每一样东西，要一齐向阿拉伯人亮相了。然后我们的人要用坦克狠狠地打击他们，他们会以为是安拉本人回来毁灭他们了。现在去休息吧，接下来的几天你们就没机会休息了。"

那天晚上我走出营房，来到了沙漠的边缘。我从没见过沙漠上方那样明净的天空——似乎天空中的每一颗星星都比以往更加明亮。我开始祈祷，希望自己在战争中不会碰上任何麻烦，因为人生中第一次，我担负起了照顾他人的责任。

那天，我收到一封柯伦夫人的来信，信上说她上了年纪，身体又多病，已经难以继续照顾小佛洛斯特了。她说她很快就不得不住进养老院了。她现在正要卖掉房子，因为如果不是一无所有，养老院就不会接纳她。小佛洛斯特，她说"不得不先由州政府照看，直到你可以为他另做安排"。她说，他已经进入十几岁的青春期，长成了一个帅气的男孩，但是有时候有点过于野性。她说他周末会搭便车去密西西比的赌场，通过玩"二十一点"赚一些外快，但是大多数赌场都会把他赶出来，因为他太聪明了，只会赢他们。

"我真的对此感到抱歉，"柯伦夫人写道，"但我没有其他办法。我相信你很快就会回家了，佛洛斯特，到时候一切都会好起来的。"

其实我对柯伦夫人也感到很抱歉。她已经竭尽所能。但是我从心里觉得，即使我平安回家，也并不能帮上什么忙。我的意思是，看看我到目前为止的经历吧。我正想着所有这些时，突然间从沙漠的深处刮出一阵旋风，朝我冲过来。这股风旋转着吹过明净的星空，还没等我反应过来，珍妮出现了，在沙尘和风中微微闪烁着。经过这么长时间，我看见她非常高兴，我快要乐疯了。

"嗨，"她说，"看来你又犯老毛病了，是不是？"

"我做什么了？"我问。

"又理不清头绪了。明天你就要去跟阿拉伯人作战了，不是吗？"

"是呀，已经下达了命令。"

"要是你出了什么事怎么办？"

"该发生的总会发生。"我说。

"那小佛洛斯特怎么办?"

"我一直在想这个问题。"

"是的,我知道你在想。但是你还没有任何计划,是不是?"

"还没有。我首先得从这个烂摊子里走出来。"

"这个我也知道。我不能告诉你会出什么事,因为这是违规的。但是,我要告诉你一件事。紧紧地跟着丹中尉,听他的话。一定要认真地听。"

"嗯,我会的。"我说,"他是这里最好的战地指挥官。"

"好,一定要注意他,好吗?"

我点了点头。然后,珍妮又开始渐渐在旋风中消失了。我想叫她回来,但是她的脸越来越模糊。她又说了一些话,声音非常微弱,但是我能听清。

"那个德国女孩——我喜欢她。"珍妮的声音几乎已经消失了,"她有灵魂,也有一副好心肠……"

我努力想说点什么,但是我的喉头哽住了。然后,旋风飘走了,把我一个人留在了沙漠的天空下。

我从来没见过第二天黎明时那样的情景,我希望这辈子再也不会看到。

沙漠里目力所及之处，从地平线到地平线，到处都是我们的坦克、运兵车和自动冲锋枪，向四面八方排列着。所有的引擎都启动了，这五十万大军和机械设备所发出的声响，就如一只巨大的老虎持续的怒吼。一只发疯的大老虎。

破晓时，我们接到命令，全速前进，把萨达姆·侯赛因的混蛋们踢出科威特。我们就这样做了。

我和克兰兹中士——他现在已经被晋升为下士，还有丹中尉，掌控着其中一辆坦克。为了交好运，我们把苏也带上了。现在这些坦克已经完全不像我们在越南时的坦克了，那时候驾驶坦克就像开拖拉机一样简单，但那是二十五年前了。不，各位，现在的坦克就像宇宙飞船的内舱，配备着各种亮闪闪、响嘟嘟的计算机以及其他电子设备，甚至还装着空调。

我们发起了第一波进攻。没过多久，我们就锁定了前面的萨达姆·侯赛因部队，而他们正在撤退。克兰兹中士用我们的大炮开了几轮火，丹中尉把油门向前推到最大速度。我们飞一样掠过沙漠。四周都是开火的坦克。整个沙漠到处炸弹横飞。那声音非常恐怖，吓得苏把手指插进耳朵。

"哇吼！"丹中尉喊道，"看那些混蛋跑了！"

的确。我们好像走到了全军的最前面。萨达姆的军队像一大群鹌鹑一样飞奔着，把东西全丢在了身后，车辆、衣服、从科威特偷来的汽车和家具。在某个时刻，我们开过一座长长的大桥，还未等我们抵达桥尾，我方的一架战斗机就俯冲下来把桥炸成了两半。我们在千钧一发之际冲到了桥尾，紧接着整座桥就塌了，掉进了峡谷里！

我看了看后视镜，发现我们已经超过了所有人，就打开无线电通讯器，请求指示。这时，从前面的沙漠袭来一阵风暴，我们顿时被吞噬其中。无线电中断了。

"你觉得，我们应该停下来等有人告诉我们该做什么吗？"我问。

"见鬼，不，"丹说，"我们让那些混蛋跑了——快跟上去！"

于是我们就这样做了。整整一天我们都陷在风暴当中，整个夜晚几乎也是如此。无论东南西北哪个方向，我们都看不清两英尺以外的地方，也分辨不出白天还是黑夜，但是我们一直在前进。有几次我们经过一些已经熄火的萨达姆·侯赛因部队的坦克，使用它们的汽油注满了我们自己的油箱。

"你们知道吗，"丹中尉说，"我发现，我们好像已经走出了将近三百英里。"

克兰兹中士看了看地图。

"果真如此的话，"他说，"现在我们岂不是已经接近巴格达了？"

的确如此。就在这时沙漠风暴停了下来，我们驶出风暴，来到了明亮的阳光下。路标上写道：巴格达——十公里。

我们停了一会儿，弹开坦克舱门，向外望去。没错，我们可以看到巴格达就在前方——一大片白色的城市，建筑上面有金光闪闪的尖顶。但是我们四周空空如也。

"我们一定是超过了我们的队伍。"克兰兹中士说。

"我想我们应该待在这里等他们。"丹说。

突然间，苏，它的自然视力相当于双筒望远镜，开始嘀嘀咕咕并手舞足蹈，向我们的后面指着。

"那是什么？"克兰兹中士问道。

在地平线那边，我们隐约看到一串跟在我们后面的车辆。

"那是我们的坦克，总算到了。"丹中尉说。

"见鬼！"克兰兹中士吼道。他拿出了双筒望远镜，正在盯着那串车辆看。

"是讨厌的阿拉伯军队！"他喊道，"我们不仅超过了我们的军队，还超过了他们的军队。"

"呃，"丹中尉说，"看来要瓮中捉鳖了。我们现在进退两难。"

依我看,这话恐怕太轻描淡写了。整支阿拉伯大军正从后面朝我们冲来,而前面是萨达姆·侯赛因的老巢。

"听着,无论如何我们要再搞些汽油,"丹说,"我想我们应该进城找一家加油站。"

"什么,你疯了吗?"克兰兹中士叫道。

"那么,你有什么建议?"丹问,"如果汽油用完了,我们就只能走路了。你愿意走还是愿意坐坦克?"

我想丹说到了关键之处。我的意思是,以这种方式还是另一种方式被杀,并没有什么区别,所以我们还不如在坦克里。

"你怎么想,阿甘?"克兰兹中士问,"你有什么意见吗?"

"我无所谓。"我说。这是实话。

"好吧,"丹说,"让我们开进巴格达,好好观光一番。"

于是我们就这样做了。

12

让我这么说吧:我们驶在巴格达所受到的迎接,就好像一群混蛋闯进了一个和睦的大家庭。

人们一看见我们,就尖叫着、咒骂着四散而逃,其中一些人开始朝我们扔石头。我们驶过几条街道,一路寻找加油站。在一个地方,丹说我们最好停一下,想办法把自己伪装起来,否则我们就真的有麻烦了。我们走出坦克看了一圈。坦克上沾满了尘土,除了一侧画的美国国旗,几乎辨认不出是哪一方的。克兰兹中士觉得,现在履带上没有泥巴真是太糟糕了,否则我们可以弄点来盖住国旗。丹说这个主意不错,就派我去街上的水沟里弄一点水,好和点泥巴。结果,水沟里没有水,只有下水道里有,从下水道取水可真是令人不快。

当我提着桶回来时,每个人都捂住鼻子直扇,但我们还是用污水和了一些泥，把它糊在了我们的美国国旗上。丹说如果我们被抓住，很可能会被当成间谍枪毙。总之，我们又钻回了坦克，克兰兹中士把桶交给苏，里面留着一些污水，这样一旦国旗上的泥脱落了，我们还可以再糊一些上去。

就这样，我们出发了。我们转了更多的地方，伪装似乎起了作用。我们经过时，人们本应探头探脑，但事实上并没有，他们根本没太注意。最后我们来到了加油站，里面好像没有人。丹让我和克兰兹下车，去看看他们是否有燃料。我们刚下车还没走出三步，四周便传来了各种喧闹声。吉普车、装甲车突然从四面八方冲上街道，然后在我们面前猛地一个刹车。我和克兰兹中士蹲到了一个垃圾桶后面，等着看要发生什么事。

这时，一辆装甲车里走出一个人，他蓄着一撮浓密的胡须，穿着一身绿色军装，戴着一顶红色贝雷帽。每个人对他都有点儿卑躬屈膝。

"狗娘养的，"克兰兹中士低声说，"那就是萨达姆·侯赛因本人。"

我眯起眼睛看了又看，的确是他，跟我见过的照片一模一样。

起初，他似乎没有注意到我们，正要走进一座建筑，但是，突然间他停了下来，转了一圈儿，朝我们的坦克多看了两眼。刹那之间，萨达姆·侯赛因身边所有的阿拉伯人都端起自动武器，冲上去包围了我们的坦克。他们当中的一个站到坦克顶上，敲了敲舱盖。我想丹中尉和苏一定以为是我们，因为他们打开舱盖才发现自己正对着几十杆机枪。

阿拉伯人把他们拖下坦克，命令他们举起双手靠墙站着。实际上，丹因为已经卸掉了假肢，当然只能坐着。

萨达姆·侯赛因站在他们面前，双手叉腰，对着他的那群马屁精士兵哈哈大笑。

他说："瞧，我告诉过你们，根本不要怕这些美国大兵！看看我们从他们这辆最好的坦克里都赶出了什么人啊——一个是残废，另一个丑得就像一只猿猴！"

听了这话，苏的脸上露出痛苦的表情。

"好吧，"萨达姆说，"既然你们的坦克上没有身份证明，你们就一定是间谍——给他们一支烟吧，弟兄们，看看他们有没有遗言。"

事情看起来已经陷入绝境，我和克兰兹中士不知所措。我们意识到不能冲向那些士兵，因为他们人多，我们只会被当场击毙。我们也不能回坦克，因为坦克也被他们把守着。我们甚至也不能逃走，因为那是懦夫之举，而且我们又能逃到哪里呢?

此刻,丹抽着他的最后一支烟,苏则把它那支拆开,吃了起来。我猜它把这当成了最后一餐。突然,萨达姆转过身去,走向我们的坦克,爬了进去。几分钟后,他又出来了,对士兵们吼叫着,叫他们把丹和苏带过去。接下来的事情你可以想象,他们三个都进了坦克。

原来是这样,萨达姆从未见过这种现代坦克,不知道它是怎么操作的,于是决定对他们处以死缓,缓刑至少执行到他们教会他驾驶这辆坦克为止。

他们在里面待了一小会儿,接着坦克突然启动了。炮塔开始缓缓转动,炮口压低,直到对准了那些士兵。士兵们露出惊讶的表情,开始自言自语,这时萨达姆的声音从坦克喇叭里传出来,告诉他的士兵们放下武器把手举起来。他们全都照做,然后苏便立刻打开舱盖,招手叫我和克兰兹赶快钻进去。尽管情况非常紧急,苏还是没忘举起那只桶,把一桶污水全泼到了士兵们的脸上。我们立刻全速离开。透过身后扬起的灰尘,我们看见士兵们全都闭着嘴,拼命甩脑袋,捂鼻子。坦克里面,丹正一手驾驶坦克,一手握着手枪对准萨达姆·侯赛因的脑袋。

"佛洛斯特,"他边说边把手枪递给我,"由你接手把这个混蛋看好,如果他有任何不老实的动作,就把他毙了。"

萨达姆·侯赛因这混蛋一肚子不高兴，他又骂又叫，呼唤着他的安拉。

"我们必须去给自己找些汽油，否则整个计划就全完蛋了。"丹说。

"什么计划？"我问。

"把这个该死的沙漠里的阿拉伯人带回去交给沙伊斯科普夫将军，让将军把他关进监狱——或者让他也屁股靠墙排成一队，就像他对我们做的那样，就更好了。"

这时萨达姆·侯赛因将双手合拢，试图趴到坦克的地板上。他祈祷起来，并乞求我们的怜悯，总之所有那些该死的把戏。

"让他安静点，"丹说，"他扰乱了我的注意力。另外，这个混蛋太小气了。我问他是否可以吃最后一顿煎牡蛎的时候，他声称他一只都没有。一个管着整个国家的人，都弄不到一只牡蛎，有谁听说过这种事吗？"

就在这时，丹猛地刹住了坦克。

"这里有个该死的英国石油公司的加油站。"他说，然后开始把坦克倒到一架加油机前。一个阿拉伯人走出来看是怎么回事，克兰兹中士打开舱门挥手叫他给我们的油箱加油。这个阿拉伯家伙对我们摇摇头，嘟囔着挥手让我们离开，于是我抓起萨达姆·侯赛因，把他的头举出舱门，用手枪对准。

一看到这情景，那个阿拉伯人立刻闭上了嘴，满脸惊慌。萨达姆·侯赛因咧嘴笑着求情，这时克兰兹中士再次打手势叫那个阿拉伯人加满油箱，他乖乖照做了。

与此同时，丹中尉说我们应该把坦克更好地伪装一下。因为我们要穿过整支该死的阿拉伯军队往回开，他们正在朝这个方向驶来。他建议我们去找一面伊拉克国旗，系在无线电天线上，这个倒不难，因为巴格达到处都悬挂着伊拉克国旗，足有十亿面。

于是我们就这样做了。我跟丹中尉、苏、克兰兹中士还有萨达姆·侯赛因一起挤在坦克里，掉头寻找回家的路，可以这么说。

沙漠有一个好处，就是它很平坦。但它也很热，五个人挤在一辆坦克里就更热了。我们都在抱怨这一点，然后突然之间，我们又有别的事情可抱怨了，那就是整支阿拉伯军队突然出现在地平线上，直奔我们而来。

"我们现在该怎么办？"克兰兹中士问。

"骗过他们。"丹说。

"怎么才能骗过呢？"我问。

"你们就看我制造奇迹吧。"丹中尉说。

他继续让坦克迎着整支阿拉伯大军驶去,越来越近,我以为他想一头撞进去让我们全被杀掉。但这并非丹的计划。就在我们马上要跟阿拉伯人的坦克撞上时,丹猛踩刹车,把我们的坦克转过来,就好像我们要加入阿拉伯军队一样。我估计他们已经在沙伊斯科普夫将军的打击下失魂落魄了,对我们完全放松了警惕。总之,一加入阿拉伯人的坦克部队,丹就拉起油门放慢了速度,于是阿拉伯人的坦克从我们身边跑了过去,最后只有我们被留在了沙漠里。

"现在,"丹指着萨达姆说,"让我们把这个入侵科威特的混蛋交到上级指挥部的手里吧。"

从那时起,就开始一帆风顺了,至少直到我们接近自己的部队时都是如此。这时丹中尉说"展露我们自己"的时候到了,他停下坦克,让我和克兰兹中士下去拿掉伊拉克的国旗,擦掉坦克侧面美国国旗上的泥巴,于是我们照办了。让我这么说吧:这是我第一次在清除泥巴时真的有了成就感。结果,这也是最后一次。

我们带着坦克侧面熠熠生辉的美国国旗,顺利地通过了美军的防线。一路上,我们不得不在大片的浓烟中穿梭,因为萨达姆·侯赛因命令他手下的人炸掉了科威特所有的油井。我们都觉得这是酸葡萄心理在作祟。在我军的后方,我们向一些军警询问沙伊斯科普夫将军司令部的方向。结果驾车兜转了五个小时,我们才找到。之后克兰兹中士说,指路并不是军警的特长,抓人才是——丹中尉回应道:"阿甘就是活生生的证据。"

我和克兰兹中士走进将军指挥部,要告诉他我们用坦克带来了谁。指挥部内,沙伊斯科普夫将军正在举行大型新闻发布会,对当天的行动做简短的说明。摄影机不停地转动,闪光灯闪个不停。沙伊斯科普夫将军给记者们播放了一段短片,是用安装在一架喷气式战斗机鼻子上的摄像机拍的,当时战斗机正向一座桥俯冲,投下炸弹将桥炸毁。就在炸弹爆炸之前,一辆坦克迅速穿过大桥,在桥坍塌的一刹那刚好逃到对岸。

"你们看这儿,"沙伊斯科普夫将军用手中的直尺指着画面中的那辆坦克说,"看他的后视镜,这是整个阿拉伯军队中最幸运的人。"听到这个,整个屋子里的人都咯咯笑起来,只除了我和克兰兹中士,他有点害怕,因为画面中正是我们那辆坦克过桥的情景。

不管怎么说,我们没有把此事告诉任何人,因为这会破坏沙伊斯科普夫将军的故事。于是我们一直等到他结束会议,然后克兰兹中士走上前去,在他耳边说了几句。将军，看起来非常开朗的一个大块头，这时脸上却出现了奇怪的表情。中士又和他耳语了几句，将军眼睛瞪得大大的，一下子抓住中士的胳膊，让他带路走了出去，我也跟在后面。

我们来到坦克那里，沙伊斯科普夫将军爬上去，把脑袋伸进舱门，过了一会儿又猛地抬起头。"上帝啊!"他一边说一边跳回了地面。

这时，丹中尉本人也升出舱门，坐到了坦克的甲板上，苏也爬了出来。刚才我们进司令部那会儿，丹中尉和苏已经把萨达姆·侯赛因的手和脚都绑上了，为了防止他不停地唠叨，还在他嘴里塞了一块布。

"我不知道到底发生了什么，"将军说，"不过你们几个家伙把事情搞砸了。"

"什么?"克兰兹中士叫起来，一时间忘了礼貌。

"你难道不明白俘虏萨达姆·侯赛因是违反了我的命令吗?"

"先生，你这是什么意思?"丹问道，"他是我们的头号敌人。他是我们来这里打仗的原因，不是吗?"

"是的，不错。但我的命令都是直接来自美国总统——乔治·赫伯特·沃克·布什的。"

"可是，先生——"克兰兹中士开口说道。

将军打断了他，又说："我的命令，特别强调过，不许抓你们坦克里的那个混蛋。"他边说边环顾四周，看有没有其他人围观，"但是看看你们做了什么？你们会让我和总统惹上大麻烦。"

"哦，将军，"丹说，"我们对此感到很抱歉。我们不知道这事儿。可是，我是说，我们现在把他带回来了，不是吗？我是说，我们该怎么处置他？"

"把他送回去。"将军说。

"把他送回去？"我们一齐问。

沙伊斯科普夫摆了摆手，叫我们不要这么大声。

"但是，先生，"克兰兹中士说，"你应该知道，我们冒着生命危险才把他带到了这里。在战争中途，作为唯一一辆美国坦克出现在巴格达，可不是一件容易的事。"

"没错，"丹说，"更糟糕的是，现在整个该死的阿拉伯军队都已经撤退到了巴格达，正等着我们。"

"好吧，兄弟们，我理解你们的感受，但是命令就是命令，我现在命令你们把他送回去。"

"但是，先生，"我说，"或许我们可以把他放到沙漠里，让他自己回去？"

"我倒乐意这样办，但是太不人道了，"沙伊斯科普夫将军伪善地说，"不如这样吧，我们把他送到距巴格达四五英里的地方，这样他自己就可以看到巴格达了，然后再把他放了。"

"四五英里？"我们一齐叫道，但是就像这个人说的，命令就是命令。

不管怎样，我们加满了油，到食堂帐篷里吃了些东西，就又登上坦克，返回巴格达。这时，天已经快黑了，但我们考虑的是，这个时候出发，至少天不会那么热。克兰兹中士给萨达姆·侯赛因拿来一大盘油腻的排骨，但是他说无论饿还是不饿，他都对此根本不感兴趣，于是我们就出发了。

沙漠上可真壮观，油井里的火焰熊熊燃烧，把沙漠照耀得就像一个运动场。考虑到一路上还要躲闪该死的阿拉伯大军撤退时丢弃的满地废物，我们尽可能快速前进。他们在占领科威特期间，似乎也占有了科威特人的很多物品，比如家具和梅赛德斯-奔驰等，但是在仓促逃离时，他们嫌带上这些东西太费事。

返回巴格达的行程很是无聊，为了打发时间，我把萨达姆·侯赛因嘴里的布拿了出来，看他还要说些什么。我告诉他，我们现在要送他回家，他哭起来，叫喊着、祈祷着，因为他认为我们在说谎，马上就要杀了他。最后我们终于让他平静下来，他开始相信我们了，尽管他不明白我们为什么要这么做。丹中尉告诉他这是一个"友好的姿态"。

我趁机信口开河，告诉萨达姆我是阿亚图拉·霍梅尼的朋友。实际上我还跟他谈过生意呢。

"那个讨厌的家伙，"萨达姆说，"给我带来了很多麻烦。我真希望他下地狱进油锅，来世永远吃猪内脏和腌猪脚。"

"我能看出你是一个具有伟大的基督徒慈悲心的人。"丹中尉说。

对此，萨达姆没有回应。

很快，我们就能看到远处巴格达的灯火了。丹中尉放慢了速度以隐藏坦克的噪音。

"呃，按照我的计算，现在就距城五英里了。"丹说。

"还没到，"萨达姆说，"现在还有七八英里呢。"

"算你倒霉，小鬼。我们还有别的事要做，你就从这里回去吧。"

说着，我和克兰兹中士就把萨达姆抬出了坦克。克兰兹中士把萨达姆的衣服全脱了下来，只留下他的靴子和小贝雷帽，然后指给他巴格达的方向。

"走吧，你这个人渣。"克兰兹中士说着，朝萨达姆的屁股狠狠踢了一脚。我们最后一次看到他时，他一边一溜儿小跑穿过沙漠，一边努力遮挡着自己的身后。

现在我们掉头返回科威特，到目前为止，每一件事看起来都很顺利。尽管我很想念小佛洛斯特，但至少我跟丹中尉和苏又团聚了，此外，我估计我在部队里的服役期也该结束了。

坦克里黑漆漆的一片，除了引擎声听不到别的声响，黑暗中，仪表盘闪烁着微弱的红光。

"呃，佛洛斯特，我估计我们已经见到了我们的最后一场战争。"丹说。

"希望如此。"我说。

"战争不是好事。"他继续说道，"但是到了该打仗的时候，舍我其谁呢？我们是职业军人。和平时期我们是铲狗屎的小人物，但是到了'汤姆拿起枪杆，战鼓已经敲响'的时候，我们就成了国家救星之类的狗屁东西。"

"呃，也许你跟克兰兹中士的确是救星，"我说，"可是，我跟苏只是热爱和平的普通人。"

"是的，但是每次火烧眉毛的时候，你总能出现，你以为我不感激吗？"丹说。

"等回家时，我一定会很开心。"我说。

"啊，呀。"丹叫道。

"什么？"

"我说'啊呀'。"他一边说一边开始检查仪表屏。

"出什么事了？"克兰兹中士问。

"我们被瞄准了。"

"什么？谁？"

"有人瞄准了我们。飞机。我想肯定是一架我方的飞机。"

"我方的？"

"是的，伊拉克已经没有空军了。"

"可那是为什么？"我问。

"啊，呀！"丹又叫道。

"怎么了？"

"他们开火了。"

"对我们？"

"还能是谁？"丹说。他开始掉头，这时一颗大炸弹将坦克炸开了花。我们被震得横七竖八，舱内充满了浓烟和火焰。

"出去，出去！"丹尖叫道，我钻出舱盖，回身拉出紧跟在我后面的克兰兹中士，他出来后，我又去拉苏，但是它躺在舱内后部，受了伤，而且被什么东西压住了。我探身进去抓丹,但是他够不到我的手。我们对视了片刻,他说:"真该死,佛洛斯特,我们就要成功了……"

"过来,丹!"我叫喊道。这时舱里的火势越来越大,烟越来越浓。我一直向下伸手去抓他,但是没用。他微笑着看向我。"呃,佛洛斯特,我们这仗打得可真精彩,是不是?"

"快,丹!抓住我的手。"我叫道。

"来世再见吧,朋友。"这是他的最后一句话,然后坦克便爆炸了。

爆炸把我震到了空中,我被烧焦了一点,除此没受什么重伤。然而,我无法相信。我爬起来站在那儿,看着坦克熊熊燃烧,我想回去把他们拉出来,但我知道已经无济于事了。我跟中士在那里等了一会儿,直到坦克彻底烧毁,然后他说:"来吧,阿甘,我们要走很长的路回去。"

那天夜里穿越沙漠的回营之路,我感觉无比糟糕,我甚至都哭不出来。一个人拥有过的两个最好的朋友,现在同时走了。这种孤独,悲伤得几乎叫人难以置信。

我们的战斗机所隶属的空军基地为丹中尉和苏举行了一场小小的仪式。我忍不住想这些飞行员中的某一个应该对这一切负责,但是我猜他自己一定已经感觉很糟了。毕竟，我们不应该出现在那里，只是我们不得不送萨达姆回巴格达。

两副棺柩都覆盖着国旗，并排放在跑道上，在早晨的炎热中微微闪耀，但是，里面什么都没有。实际上，丹和苏所留下的遗骸连一个豆子罐都装不满。

克兰兹中士跟我站在一起。他一度转向我说："你知道，阿甘，他们都是好兵，他们两个。即使苏这个人猿，也从没表现出过恐惧。"

"或许太傻了，不懂得恐惧。"我说。

"是的，或许，有点像你，啊？"

"我想是的。"

"唉，我会想念他们的，"克兰兹中士说，"我们这一趟可真是九死一生。"

"是，"我说，"我想是的。"

在一个牧师说了一会儿话之后，他们叫乐队奏起了一段音乐，并让一个来复枪班开了十二次枪致敬。然后仪式就结束了。

之后沙伊斯科普夫将军走过来，把手放在我的肩膀上。我猜，他能够看出我的眼中终于流出了泪水。

"我很抱歉，列兵阿甘。"他说。

"每个人都这么想。"我说。

"瞧，这两个人是你的朋友，我知道。我们在军队档案中找不到他们。"

"他们是志愿者。"我说。

"好，"将军说，"或许你愿意拿着这个。"他的一名随从走过来，拿着两个小罐子，盖子上贴着小小的塑料美国国旗。

"我们的阵亡登记人员认为这个更合适。"沙伊斯科普夫将军说。

我接过罐子，感谢了将军，尽管我不知道为什么而谢，然后我离开去找我的连。我回到连队时，连部职员正在找我。

"阿甘，你去哪里了？我接到了重要通知。"

"说来话长……"我说。

"哦，你猜怎么了？你不再属于军队了。"

"是吗？"

"千真万确。有人发现你有一项犯罪记录——见鬼，你当初就不该被安排进这支部队！"

"那我现在该怎么做？"我问。

"卷起铺盖从这儿滚蛋。"这是他的回答。

于是我就这样做了。我得知我必须乘坐当晚的飞机返回美国，甚至都没有时间换一下衣服。我把装着苏和丹的骨灰的小罐子放进了行李，最后一次登记离开。上飞机后，我发现里面只坐了一半人。我特意在后面找了个座位，因为我的衣服臭得要死，我为自己身上发出的这股气味感到羞愧。我们高高地飞过沙漠，月亮很远，银白色的云朵笼罩着地平线。机舱里面很黑，我开始感到可怕的孤独和沮丧，突然间我看向过道对面的一个座位，是珍妮，正坐在那里看着我！她脸上的神情也有点悲伤，而这一次，她什么也没说，只是看着我微笑。

我情不自禁，伸手去抓她，但是她挥手叫我离开。然而，她仍旧坐在过道对面，我想她是在陪伴我一路回家。

13

我回到莫比尔那天是一个阴沉沉、灰蒙蒙的日子。我走进柯伦夫人的房子,她正坐在一把摇椅上,织着一块垫布什么的。看到我终于回来了,她感到很高兴。

"我不知道自己还能撑多久,"她说,"这里的景况非常艰难。"

"是的,"我说,"我能想象。"

"佛洛斯特,"她说,"我在信里告诉过你,我必须把房子卖了,才能进入"小姐妹贫民之家"养老院。不过一旦进去了,他们就会好好照顾我,所以我要把卖房子的钱交给你,好帮你抚养小佛洛斯特。"

"哦,不,柯伦夫人,"我说,"那是你的钱,我不能接受。"

"你必须接受,佛洛斯特。如果没有彻底破产,我压根就不能进养老院。而且小佛洛斯特是我的外孙，是我在这个世上唯一的亲人。另外，你也需要钱，你甚至连工作都没有。"

"好，我想你说得很对。"

正在这时，前门打开了，一个高大的年轻人闯了进来，说："外婆，我回来了。"

起初我根本没认出他。我上一次看见他是在将近三年以前。现在他几乎已经长成了一个大人，高大英俊又挺拔。唯一的问题是，他戴着一只耳环，这叫我想知道他穿的内裤是什么样的。

"哦，你回来了，是吗？"他说。

"看样子是。"

"那，这次要待多久？"

"哦，"我说，"我想，这次就不走了。"

"你打算做什么呢？"他问。

"我还没有想好。"我说。

"我猜也是这样。"他说着回了他的房间。

一点也不像欢迎我回家的样子，不是吗？

总之，第二天一早我就开始找工作。很不幸，因为我不会多少高端技能，能选择的范围有限，只能找些挖水沟之类的活儿。可是甚至连这样的工作也很难搞定。好像这阵子这种活儿市场需求不大，此外，一个老板告诉我，我干这样的活儿年纪太大了。

"我们要的是积极进取的小伙子，他们希望能做出一番事业——而不是那些只为买一罐酒而找活儿干的老废物。"这是他的原话。

三四天以后，我很沮丧，三四个星期以后，我感到彻底的耻辱。

最后，我选择对柯伦夫人和小佛洛斯特说了谎，告诉他们我已经找到了工作，所以我可以养活他们了。而事实是，我开始用部队的退伍津贴支付开销，整天都靠在冷饮柜台上喝可口可乐、吃芙乐多打发时间，至少在不用出去找工作时是这样。

一天，我想起不如去拜尤拉巴特里看看有没有适合我做的事，毕竟，我曾拥有当地最大的公司。

我在拜尤拉巴特里看到的相当令人沮丧。从前的阿甘虾公司惨不忍睹——房子和码头已经坍塌，窗户破了，停车场长满野草。很显然，我人生的那个部分已经结束了。

我走到码头，有几艘捕虾船拴在那里，但是没人租用。

"捕虾业在这儿已经完蛋了，阿甘，"一个船长对我说，"几年前他们就把虾全捞光了。现在你要弄到一条足够大的船，一直去到墨西哥湾，才能有点赚头。"

我打算乘大巴车返回莫比尔，但这时我想起该去看一看可怜的布巴的爸爸。毕竟，我已经将近十年没见他了。我去了他住的地方，果然，那栋老房子还在，布巴的爸爸正坐在前廊上，喝着一杯冰茶。

"啊，天哪，"当我走上前时他说，"我听说你坐了牢。"

"可以说坐过，"我说，"这要看你是什么时候听说的。"

我问起了捕虾生意的事，他说的跟其他人说的一样，景况一片暗淡。

"没人捕虾了，也没人养虾了。虾太少了，没法捕，这里太冷，也不容易让虾生长。你在这儿经营时，就是这里的全盛时期了，佛洛斯特，从那以后，这里就走了下坡路，我们的日子就难过了。"

"哦，听到这个我很难过。"我说着坐了下来，布巴的爸爸给我端上一杯茶。

"你找到那些洗劫你公司的人了吗？"他问。

"哪些人？"

"丹中尉，那个老特里布尔先生，还有那只人猿——

它叫什么来着？"

"苏。"我说。

"是的，就是他们。"

"啊，我想丹和苏没有责任。再说，我想，其实这已经无关紧要了。他们都死了。"

"死了？怎么死的？"

"说来话长。"我说，谢天谢地，布巴的爸爸也没有追问下去。

"那么，"他终于问道，"现在你打算做什么呢？"

"我不知道，"我说，"但是我必须做些事情。"

"那好，"布巴的爸爸说，"这里还有一些牡蛎。"

"牡蛎？"

"是的，没有过去捕虾的利润高，但是还有一些牡蛎苗床。问题是，现在人们不敢生吃牡蛎了——污染太多之类的。生吃会让你得大病。"

"可以靠打捞牡蛎为生吗？"我问。

"有时可以。这取决于很多因素。污染问题很严重，他们封闭了苗床。还有暴风雨、飓风，当然，你还会有竞争对手。"

"竞争对手？谁呀？"

"在这儿捞捕牡蛎的其他人啊，"他说，"他们对新来的可不友好。他们很粗鲁，我想你应该知道。"

"是的，我想起来了一点。"我说。的确如此，那些捞牡蛎的家伙不是好惹的，至少过去是这样。

"那我该怎么下手呢？"我问。

"这倒不难，"布巴的爸爸说，"弄一艘小艇和几把夹牡蛎的钳子。如果不想使用外挂马达，甚至都不用买马达。你可以买几根桨来划，就像我年轻时人们用的办法。"

"就这些？"

"我想足够了。我可以告诉你大多数牡蛎苗床在哪儿。还有，你必须到州里办一个执照。这可能是花销最大的部分。"

"你知道哪儿能买到小艇吗？"我问。

"实际上，我自己就有一艘，你可以拿去用。就系在院子后面。你需要做的，就是弄几把钳子来。我的在十年或十五年前就弄坏了。"

于是我就这样做了。

丹一路都在说想找点好牡蛎吃，如今我做起了牡蛎生意，这可真是让人啼笑皆非。各位，我真希望他今天能在这里，他一定会乐得撒欢儿的。

第二天一大早我就出发了。在前一天，我用最后一点退伍津贴买了几把钳子，办了一个捕捞牡蛎的执照。我还买了两条工装裤，几个用来盛牡蛎的篮子。太阳刚刚在密西西比河河湾上升起时，我开始划向布巴的爸爸说的有牡蛎苗床的地方。他让我先划到可以看到6号浮标的地方，当它跟岸上的一座水塔和珀蒂布瓦岛的南端成一条直线时，我可以从那里向奥克斯赫比斯湖一路捕捞了，那里就是牡蛎苗床。

寻找6号浮标大约花了我一个小时，但是一到那里很快就找到了牡蛎苗床。到吃午饭的时候，我已经捞满了四个容量为一蒲式耳[1]的篮子，这是我的极限了，于是我划回了岸边。

拜尤拉巴特里有一个牡蛎加工厂，我把牡蛎带到那里计数卖掉。他们算完工后，我总共赚了四十二美元十六美分。我感觉价格低了点，四百多只牡蛎，他们转手就能以每只一美元卖给饭店。但很可惜，我没有资格争辩。

我走在街上，去搭乘回莫比尔的大巴车，口袋里的四十二美元十六美分还是热乎的呢。这时有六个家伙出现在街角，在人行道上拦住了我的去路。

"你是新来的，是不是？"一个大块头问我。

"算是吧，"我说，"这跟你有什么关系吗？"

---

[1] 蒲式耳（bushel），计量单位，在美国，1蒲式耳相当于35.238升。

"我们听说你去捞我们的牡蛎了。"另一个家伙说。

"什么时候成你们的牡蛎了?它们在水里,我想它们属于每一个人。"

"哦,是吗?好吧,它们确实属于每一个人——前提是你也是这里的人。我们对抢生意的外地人可不会客气。"

"哦,"我说,"我叫佛洛斯特·甘。过去在这儿办过虾公司,所以我也算是本地人。"

"哦,是吗?好,我叫米勒,斯密提·米勒。我记得你的公司,把我们的虾都捞光了,叫每个人都丢了饭碗。"

"瞧,斯密提·米勒,"我说,"我不想惹麻烦。我要养家,我只想捞点牡蛎,然后就走人。"

"真的吗?好,阿甘,你看,我们几个可都留意着你呢。我们听说你在跟那个儿子死在越南的老黑鬼厮混。"

"他的儿子叫布巴,是我的朋友。"

"是吗?不过,我们可不会跟这种人混到一起,阿甘。你要是想在这个镇上混,最好先明白这里的规矩。"

"谁定的这些规矩?"我问。

"我们定的。"

于是,事情就是这样。斯密提没有直接叫我停止捞牡蛎,但是我有一种预感,前面会有麻烦。总之,我回到家,告诉柯伦夫人和小佛洛斯特,我找到了一份真正的工作。他们似乎很高兴。看起来，我甚至有可能赚到足够的钱保住柯伦夫人的房子，不让她去养老院。今天赚得不多，但这只是个开始。

反正，现在牡蛎生意成了我的收入来源。每天早上我都可以坐大巴车去拜尤拉巴特里，捞上来足够我们第二天开销的牡蛎，但是如果捕捞季节结束了或者牡蛎苗床因污染而被关闭了，又该怎么办呢？我不知道。这种感觉非常令人不安。

第二天我又去了那里，来到我的小艇停泊的船坞，可是小艇不见了。我在水里找了找，它沉到了水底。我花了一个小时才把它拽岸上，发现艇底被人砸了个洞。我又花了三个小时才把洞补上。那天我捞的牡蛎才卖了二十美元。我想这是斯密提和他的朋友给我发出的某种信息，但我没有确凿的证据。

还有一次，我的几把钳子都丢了，我不得不买了新的。几天后，有人砸坏了我的蒲式耳篮子，但是我泰然处之。

与此同时，我跟小佛洛斯特之间出了些问题。他好像正在做出各种典型的青春期行为，不断惹出麻烦。首先，一天夜里他醉酒而归。我注意到这一点，是因为他在费力上台阶时跌倒了两次。第二天一早我对此什么也没说，因为——事实是，我不确定以我跟他的关系我该做什么。当我问柯伦夫人时，她摇了摇头，说她也不知道，她说他不是个坏孩子，但是他很难守规矩。

其次，我抓到了他在浴室里抽烟。我让他坐好，告诉他吸烟有害。他听了有点不高兴，我说完后，他并没有保证以后不再吸烟，而是走出了房间。

还有一个问题，就是他赌博。他聪明过人，可以用纸牌什么的赌赢所有人，所以他就一直这么干。这让学校的负责人写来了一张严厉的便条，说小佛洛斯特一直用赌博行为来欺诈学校里其他孩子的钱财。

最后，有一天夜里，他没回家。柯伦夫人一直等到半夜，不过还是上床了。我则一直坐等，黎明时分，他终于回来了，准备悄悄爬进卧室的窗户。我决定把他叫过来坐下，严肃地跟他谈一谈。

"看，"我说，"这一切必须结束了。我知道，现在像你一样的年轻人都会偶尔放荡不羁，但是你做得太过分了。"

"是吗？"他说，"我做什么了？"

"像这样在后半夜偷偷溜回来——还在浴室里吸烟。"

"这跟你有什么关系？"他说，"嘿，你在监视我吗？"

"我没有监视，我只是注意到了。"

"呃，注意到也不好。还有，这跟监视是一码事。"

"听着，"我说，"这不是关键。我在这儿是有责任的。我理应照顾你。"

"我自己能照顾自己。"他说。

"是的，我看出来了。就像你在马桶水箱里藏上半打啤酒那么照顾，是吗？"

"所以你一直在监视我，是不是？"

"我没有监视。有一次马桶跑水了，我过去一看，是你的一罐啤酒倒下来堵住了冲水孔，我怎么可能看不到？"

"你可以自己知道就行了。"

"见鬼，什么叫自己知道就行了！如果你不能约束自己的行为，我就有责任来教你约束——这就是我要做的。"

"你甚至连英语都讲不好，也找不到一份体面的工作。你凭什么想给我树立权威？我是说，你算老几，有什么资格告诉我该怎么做？就凭你从各地给我寄来的那些廉价礼物？一根该死的假阿拉斯加图腾柱？一个好笑的吹起来像傻子的嗡姆吧号？还是那把从沙特阿拉伯寄来的古董刀？它寄到这儿时，你说是珠宝的那些小玻璃片已经全都掉下来了，还有，那把刀太钝了，连块黄油都切不下来，更不要说纸啦！我把它们全都扔了！如果你想给我和我的所作所为树立权威，那我倒真乐意看看你要怎么做！"

呃，这下好办了——于是我告诉了他。我抓起他，把他横在我的膝盖上，然后扬起手，说出了想到的唯一一句话：

"这其实会让我比你还疼！"

然后我狠狠地打了他一顿屁股。我不知道我刚刚说的是不是实话，但每痛打他一下，都像在痛打我自己。我不知道还能做什么。他这么聪明，我不能跟他理论，因为那不是我擅长的。但总得有人来控制一下，看看我们能不能回到正轨。整个过程中，小佛洛斯特一句话都没说，既没叫喊，也没哭闹或怎么样。我打完后，他站起身，脸色通红地回了房间。那天一整天他都没有出来，晚上出来吃晚饭时，他也没说什么，只说了几句诸如"请把肉汁拿过来"之类的话。

但是，过了几天，又过了几个星期，我注意到他的行为有了明显的改善。我希望他能注意到我注意到了这一点。

出去捞牡蛎或是做其他事情时，我常常想起格蕾琴。但是，无论如何，我又能做些什么呢？我是说，毕竟，我现在过着这么紧巴的日子，而她有一天将成为大学毕业生。有好几次我想写信给她，但是又想不出该说什么。写信可能会让事情更糟，我是这么想的。于是，我只是保留着回忆，继续着我的营生。

一次，小佛洛斯特放学回家后，走进了厨房，而我在捞了一天的牡蛎之后正在那儿努力把手洗干净。我被一个牡蛎壳划破了手指，尽管没什么大碍，但流了很多血，他一眼就注意到了我的手。

"这是怎么回事？"他问。

我告诉了他。他说："我给你拿个邦迪创可贴来吧。"

他取来了邦迪创可贴，在用它包扎我的手指之前，又用过氧化氢什么的把创口清洗了一遍，简直要疼死了。

"你应该对牡蛎壳多加小心，"他说，"你知道吗，这种伤口很容易引发严重的感染？"

"是吗？怎么会呢？"

"因为最适合牡蛎生长的地方也是污染最严重的地方。你难道不知道吗？"

"不知道。你是怎么知道的？"

"因为我研究过。如果你问一只牡蛎它最愿意生活在哪里，它可能会回答说是化粪池。"

"你怎么会研究牡蛎呢？"

"因为我想我应该在这方面开始努力了，"他说，

"我的意思是,你每天出去捞牡蛎,而我所做的只是去学校学习。"

"呃,那正是你应该做的。你应该去学习,这样才不会落得像我这样的下场。"

"哦,呃,我已经学了很多东西了。我是说,老实告诉你,我可不是在学校里什么都没学。我在班里遥遥领先于所有人,因此老师们让我到图书馆去读我想看的任何书。"

"真的吗?"

"是啊。我在想,也许我不用再每天都去学校,而是可以时不时地去拜尤拉巴特里帮你捞牡蛎。"

"哦,我对此非常感谢,不过……"

"我是说,如果你想让我去。也许你不愿意让我跟着。"

"不,不是我不愿意,只是你得上学。我是说,你妈妈会希望你……"

"哦,她又没在这儿发表意见。我想你或许需要一些帮助。我是说,捞牡蛎是一个很累的活儿,我或许能派上用场。"

"哦,是的,你肯定能,但是……"

"好吧,那就这么定了,"他说,"明天一早我就开始怎么样?"

于是，无论对错，我们就这样做了。

第二天一早天还没亮，我就起了床，准备好我们的早餐，然后偷偷往小佛洛斯特的房间看了看，他还没有醒。于是，我蹑手蹑脚地走了进去，站在那里看他，他在珍妮的床上酣睡着。从某个角度看，他那么像珍妮，我一时有点哽咽，但是我控制住了自己，因为不管怎样，我们该出发去工作了。我俯下身，想把他摇醒，这时我的脚碰到了床下的什么东西。我向下一看，这不是我从阿拉斯加寄给他的大图腾柱的脑袋吗？我弯下腰向床底看去，没错，其他东西也在那儿，嗡姆吧号、那把刀，还放在木匣里。他到底没有把它们扔掉，而是把它们放在了这里。或许他不怎么玩这些东西，但至少他把它们放在了身边。突然，我开始理解了一些关于孩子的事。有那么一瞬间，我很想俯下身去吻他的脸，但是我没有，不过，我的确产生了这样的感情。

总之，早餐之后，我和小佛洛斯特一起出发去了拜尤拉巴特里。我终于攒够了首付的钱，于是买了一辆旧卡车，这样就不用再搭大巴车了，不过这辆卡车能否正常往返，每天都是个问题。我给这辆卡车取名旺达，以纪念——呃，我认识的所有叫旺达的。

"你估计旺达现在怎么样了?"小佛洛斯特问。

"哪个旺达啊?"我问。夜幕下,我们正行驶在一条双车道道路上,掠过破败的房舍和农田,往河边开去。这辆1954年的老雪佛兰,仪表盘闪烁着绿光,我能看到里面映出的小佛洛斯特的脸。

"我的猪。"他说。

"你的猪?哦,我估计它还待在动物园里。"

"你真的这么想?"

"我猜是。我是说,为什么不呢?"

"我不知道。已经很长时间了,她或许死了,或者已经被卖了。"

"你想让我去打探个究竟吗?"

"或许我们两个都该去一趟。"他说。

"是的,也许应该一起去一趟。"

"嘿,"他说,"我想告诉你,我对苏和丹中尉的遭遇很难过,你知道吗?"

"哦,我很感动。"

"他们真是很好的朋友,嗯?"

"是啊,他们的确是。"

"那他们是为了什么而死的呢?"

"哦,我不知道。我想,是因为他们在奉命行事。很长时间以前，布巴的爸爸也问过我同样的问题。或许，他们只是在错误的时间出现在了错误的地点。"

"哦，这个我知道，但这场战争是为了什么呢？"

"哦，他们告诉我们是因为萨达姆·侯赛因攻击了科威特人。"

"是这样吗？"

"这是他们说的。"

"那你的真实想法是什么？"

"很多人说是为了石油。"

"石油——是的，我也是这么理解。"

"我想他们是为了石油而死的。"这是我不得不做出的回答。

我们到了拜尤拉巴特里，把篮子放到船上，我划动船桨，我们朝牡蛎苗床出发了。太阳从墨西哥湾升起，清晨的天空飘着轻柔的粉色云朵。河水清澈，平滑如镜，除了划桨声，万籁俱寂。我们来到牡蛎苗床，我给小佛洛斯特演示怎样把一只桨插到泥浆里使船固定，同时摸索苗床，用钳子把大团大团的牡蛎拽出来。这是一个非常美好的早晨，过了一会儿，小佛洛斯特说他想自己钳一些牡蛎。他似乎非常高兴，简直就像他钳的是珍珠而不是牡蛎，实际上真的有一些珍珠，只不过它们不值什么钱，至少不够做什么的。它们不是那种专门产珍珠的牡蛎。

总之，在我们干得都达到极限后，我就开始划船回牡蛎加工厂。但是还没划到一半，小佛洛斯特就问他是不是可以试着划一划。我让开了座位，他开始划动船桨。在左摇右晃迂回前进了大约半小时后，他终于掌握了门道。

"你为什么没给这船安个马达？"他问。

"我不知道，"我说，"有时候我更喜欢划船。这非常安静而平和，还能给我时间思考……"

"是吗，思考什么？"

"我不知道，"我说，"也没什么。毕竟，思考不是我的强项。"

"安个马达可以节省时间，"他说，"提高效率。"

"是的，我想也是。"

我们来到加工厂所在的码头，卸下我们那几篮牡蛎。今天的价格稍微高了一点，那个人说，由于他们因污染而关闭了一堆牡蛎苗床，所以我们捞的牡蛎比昨天珍贵了，我觉得挺不错。我让小佛洛斯特去卡车里取我们的午餐桶，这样我们就可以在码头上吃三明治了，就像一场海边的野餐。

我正在跟出纳员结账时，小佛洛斯特走过来，有点不高兴。

"你认识一个叫斯密提的家伙吗?"他问。

"是的,我认识他,怎么了?"

"呃,有人在旺达的两个前胎上各扎了个洞。而这家伙就站在街对面笑,我问他知道是谁干的吗,他只是说:'不知道,不过告诉你的朋友,斯密提向他问好。'"

"哼——"我只能做此反应。

"这家伙到底是谁?"

"只是一个同行。"我说。

"但是看起来他在幸灾乐祸。"

"有可能。他跟他的朋友不喜欢我在这里捞牡蛎。"

"他手里还拿着一把牡蛎刀呢。你觉得是他干的吗?"

"也许。问题是,我没有证据。"

"那你为什么不去找证据?直接去问他?"

"我想最好随那些人去吧。招惹他们只会带来麻烦。"

"你是害怕了吗?"

"不完全是。我是说,他们都生活在这里。他们发疯是因为我捞了他们的牡蛎。"

"他们的?牡蛎长在水里,是所有人的。"

"是,我知道,但是他们不这么看。"

"所以你就任凭他们欺负我们?"

"我要继续忙我的生意,随他们去吧。"我说。

小佛洛斯特转身回卡车那儿去修轮胎。我可以从街上看到他,一路上骂骂咧咧的。我知道他的感受,但我现在不能再把事情搞砸。我有一个家要照顾。

14

这一天终于还是来了。他们让我们停了工。

一天早上我跟小佛洛斯特来到码头,那里到处都张贴着大布告,说因为河水污染,这里不允许继续打捞牡蛎,否则要受到法律制裁,该布告将一直生效,直到接到进一步通知。

唉,这可真是个坏消息。毕竟,我们的生活本来就只有一线生机,而现在除了回家无事可做。这实在是个百无聊赖、沉闷至极的夜晚,直到早上坐在餐桌前喝咖啡时,我还是闷闷不乐。这时小佛洛斯特走进了厨房。

"我想了一个法子。"他说。

"是吗,什么法子?"我问。

"我想,我找到了一个能够再次大捞特捞牡蛎的办法。"

"怎么可能呢？"我问。

"真的，我一直在研究牡蛎，"小佛洛斯特说，"假如我们可以使州里管渔业和野生动物的人相信，我们打捞上来的任何牡蛎都是没有污染的，会怎样？"

"我们怎么可能做到这一点？"

"让它们搬家？"

"让什么搬家？"

"牡蛎，瞧，一只牡蛎如果生长在污染水质里，你就不能吃它，因为吃了会得病，我们都知道这一点。但是根据我所做的研究，一只牡蛎完全可以在二十四小时内排空自己。"

"那又怎么样？"

"哦，假如我们从被污染的水里捞起牡蛎，再把它们转移到墨西哥湾，那里的水质清澈、干净又含有盐质，对不对？我们所要做的就是把牡蛎放到水下几英尺处，待上大概一整天的样子，它们就会像哨子一样又清洁、又纯净、又新鲜了。"

"我们可以这么干？"我问。

"是的，我非常肯定。我的意思是，我们只需要再弄一艘小艇，把它拖到那些水质纯净的小岛附近，把我们捞上来的牡蛎放在上面，沉到水下一天。那些牡蛎就会自行把体内的有害物质完全排泄掉，我敢打赌，它们尝起来口味也会更好，因为它们可以从墨西哥湾的水里吸收盐分。"

"嘿，"我说，"这听起来倒真的会管用。"

"是的，我是说，这会费事一点儿，因为我们还要搬运牡蛎，然后再次把它们捞起来。但是这样总比束手无策好。"

于是我们就这样做了。

不管怎样，我们首先设法说服了州渔业及野生动物局的人，我们的牡蛎对任何人都没有危害。我们着手驾驶小艇把牡蛎从河湾苗床搬运到墨西哥湾，但是很快我们就忙碌起来，需要再购买一条大驳船。此外，我们的牡蛎已经涨到了天价。因为我们是城里唯一的供应大户。

一周周、一月月地过去了，我们不断扩大经营，购买了越来越多的驳船，还不得不雇了很多人来帮忙。

小佛洛斯特又想出了另外一个主意，实际上，正是这个主意让我们发了家。

"听着，"一天，在我们又运来一大船牡蛎之后，他说，"我一直在想——哪里是培育牡蛎的最好的地方呢？"

"屎里。"我回答说。

"非常正确，"他说，"那么在整个河湾里，哪儿的屎最多呢？"

"或许是污水处理厂旁边。"我说。

"太对了！这就是我们该做的，去那儿培育牡蛎。成千上万只——几百万只。我们可以用木板什么的去孵化牡蛎卵——也就是牡蛎苗。定期做这一整套事情，用船捞新的牡蛎，再运到墨西哥湾的驳船上。我甚至想出一种能潜水的驳船，这样我们就可以直接把它开出去，装着有污染的牡蛎沉到水下，然后大约一天以后，再让它浮上来，跟变戏法一样，我们就能得到一船新鲜干净的牡蛎了！"

于是，我们再一次这样做了。

一年以后，我们靠污水处理厂收获了很多牡蛎，已经超出了法律允许的范围，于是我们扩大了经营范围，包括建一个牡蛎加工厂，一个运输部门，此外还搞了一个市场分部。

阿甘公司，这是我们给自己起的命字，我们要把优质的牡蛎卖遍全美国！

所有这一切，都叫珍妮的妈妈欢欣鼓舞，她成了我们的接待员。她说她感到"完全重返青春"了，再也不想去什么养老院。她甚至给自己买了一辆全新的凯迪拉克敞篷车，穿着一条无袖太阳裙，戴着一顶无边帽，拉下敞篷开着车到处跑。

几个月过去了，我们的生意做得越来越大，我不得不继续疯狂招工。我找到了伊凡·博斯基和麦克·马利根先生，考虑到他们已经在监狱岁月里吸取了教训，我让他们负责财会部门。

还有我卖百科全书时的那个老斯利姆，我让他主管销售，他把我们的销售额提高了百分之五百！柯蒂斯跟"蛇人"，他们的橄榄球生涯已经随着巨人队和圣人队一起结束了，我让他俩负责"安保"。

至于那个搞新可乐的阿尔弗雷德·霍普韦尔，我把他放到了研发的位置上，就是研究和发展部门。他的妻子霍普韦尔夫人，自从亚特兰大骚乱发生后，生活每况愈下，她现在是我们公司的公关主任，让我这么说吧：自从她来就职之后，我们跟州渔业及野生动物局的关系就再也没有一点问题了。每次她跟那些人在她办公室里会面，一听到那面中国锣响，我就知道一切都搞定了。

经营猪农场的麦克吉沃先生，在"埃克森·瓦尔迪兹"号出事之后一直很难找到工作，于是我任命他负责我们的牡蛎驳船。他已经戒酒了，因为有他掌舵，我们没有一艘驳船出现过大的闪失。但是他仍喜欢像个海盗一样说话，我想这可能有助于他管理船员。

那个诺斯上校，他自己也惹了点麻烦，我给了他一份运营我们公司秘密作业部的工作,该部门主要负责确保公司的牡蛎新鲜、纯净,不会污染或腐烂。

"总有一天,阿甘,"他说,"我要参加美国参议院竞选,叫那帮混蛋看看什么是正派。"

"好的,上校,"我告诉他,"但同时,一定要注意保证我们这儿的牡蛎连鼻子都要洗刷干净——你懂我的意思吗?"

我还想找阿亚图拉来管理我们的道德与宗教关系部,但是他已经死了,于是我让金·贝克牧师来做这份工作。他干得非常好,为我们的小艇、驳船以及每一件东西都做了祈祷,但是他的妻子塔米·法伊却跟霍普韦尔夫人和她的中国锣相处得不那么愉快,于是我不得不去协调她们。

至于我们的捕捞和加工部门的员工,我从金·贝克牧师的"圣地"就找到了全班人马:喷火树林里的摩西,鲸鱼腹中的约拿,约伯和他的"彩衣",以及法老军队里的所有人,现在都是我们的牡蛎剥壳员了。另外,我让那个在升天游戏中扮演耶稣的人跟"狮窝里的但以理"中的但以理一起,把我们的牡蛎苗下到海上养殖场里。那头狮子有点老了,派不上什么用场,它成天坐在我办公室的门外,时不时发出一声狮吼。现在它的牙已经快掉光了,却新培养出吃半壳牡蛎的爱好,我想这是好事。

我在伊凡·博斯基公司时的赫金小姐，现在是我们的船只调度主管，而纽约伊莱恩餐厅的伊莱恩，是我们牡蛎的主要客户之一。大名鼎鼎的纽约的杜威、思科伍姆和豪律师事务所是我们法律事务的代理，古顾里安提先生现在也有了另一份工作——我们的兼职刑事顾问，如果我们摊上什么刑事问题，他会出面处理。

我还给在德国时的橄榄球队队员们都提供了工作。斯崴门酸泡菜队与威斯巴登·魔法师队的成员们，在加工厂里做各种各样的工作。艾迪，我在纽约当大亨时的高级轿车司机，我现在让他管理运输。此外，我还给萨达姆·侯赛因和沙伊斯科普夫将军提供了岗位，但他们两个都给我写了委婉的回信，说他们"另有小香肠要烤"。但是萨达姆说，他保留"开放性选择"，稍后再做进一步接触。

最后，我雇了克兰兹中士来担任加工厂的经理，再次见到中士，听到他那些熟悉的屁话，感觉真好。

但实际上，我把最好的留到了最后。在我们获得成功之后，我终于鼓起勇气给格蕾琴写了一封信。结果，瞧，过了一个星期我收到了一封非常美好的回信。她给我写了她的一切情况，她在大学里怎么样，信是用很棒的英文写的，我几乎都看不明白了。

"最亲爱的佛洛斯特，"她写道，"自从你离开我奔赴战争，我每天都在想念你，害怕你会遭遇不测。我甚至去美国大使馆问过，他们查过之后，告诉我你现在已经退伍了，平安无事。这样我就放心了……"

格蕾琴继续写道，除了英文，她还在念一个商科学位，希望有一天能够开一家餐馆，但是她非常希望再见到我。她实现了她的愿望，两个星期以后，她已经置身于我们在拜尤拉巴特里的加工厂，执掌起我们的国际运营部门。晚上，我们手牵手沿着沙滩散步，就像过去所做的那样，我终于再次感受到了幸福的滋味。好像我的人生又有了目标，但是我想慢慢来。

这时候，布巴的爸爸也在找工作，于是我就让他担任了加工部监工，让我这么说吧：他把那些牡蛎加工员管得可真紧。

于是，人都到齐了，我们在这里一起培育、捕捞、驳运、剥壳、加工、罐装和运输牡蛎，钱滚滚而来！我的办公桌上方挂着一段座右铭，是小佛洛斯特给我制作的。黑色的丝绒表面镶着纯金的字，引自作家乔纳森·斯威夫特："第一个吃牡蛎的人是个勇敢者。"当然，说得太对了。

唯一的问题是，斯密提和他的那伙人一点儿也不喜欢我们的公司。我甚至给他们也提供了工作，但是斯密提说他的人不能在"人种太杂"的地方工作。于是我们陷入了一种墨西哥湾冷战。时不时地，会有人在夜里把我们的船割坏，或是把糖倒进我们的油箱，或者其他狗屎把戏，但是我一直泰然处之。毕竟，我们的生意如此蓬勃发展，我不想因为个人恩怨把事情搞砸。

就这样，日子平静地过了一个月又一个月，直到有一天晚上，小佛洛斯特问了我一个问题，旺达怎么样了。

"哦，"我说，"我估计在华盛顿的动物园里，他们会对它很好。"但是他并不满意。

"呃，"我说，"让我们写封信吧，看看他们是否可以把它送回来。"

于是我们就这样做了。

几个月后，我们收到了答复。

"国家动物园不会归还合法拥有的动物"，这是回函的核心意思。

"呃，"小佛洛斯特说，"这似乎不公平，我的意思是，它毕竟是我们从一头小猪崽养大的，不是吗？"

"是呀，我想，"我说，"我们只是在我去见阿亚图拉时把它寄存在了动物园。"

于是，我们去见诺斯上校，把事情告诉了他。他正在保卫室里值班，那是他亲手在我们厂区内建的。

"那帮混蛋，"他说着又拿出了他的机智和外交手腕，"那我们就不得不谋划一场秘密行动，去把旺达接回来了。"

我们就这么做了。

诺斯上校花了几个月时间准备这次秘密行动。他购买了各式各样的迷彩服，脸上用的油彩，还有爬绳、钢锯、刀具、罗盘等。我问他计划到底是什么，他说等我们到了那儿就知道了。

这一天终于到了。我们抵达华盛顿，来到动物园附近，在一个停车场一直躲到夜幕降临。午夜时分，我们只能听到动物园里熊、狮、虎的低吼声，偶尔大象也发出一声咆哮。

"好啦，是行动的时候了。"诺斯上校说，于是我们三个开始偷偷潜入公园。我们刚翻过墙，似乎里面的所有灯就一下子全都亮了，哨子叫起来，铃声也响了，顷刻间我们就被大约五十名警察包围了起来。

"我还以为你在这种事情上是个专家呢。"我对诺斯上校说。

"是的，我自己也这么以为，"他说，"或许只是有点生疏。"

不管怎样，上校努力想给我们解围，告诉警察我们是间谍,正为执行在巴格达伊拉克动物园的一项绝密行动进行演习,我们行动的目的是捕获萨达姆·侯赛因的一些动物作为人质,就这样讲了一通诸如此类的屁话。这群警察的头头和其他人全都笑疯了,这给了小佛洛斯特趁乱溜走的机会。最后,他们把我们押上警车,这时一声叫喊划破了夜空,随后传来了一声猪叫。

是小佛洛斯特和旺达,他锯开了旺达的笼子,把它救了出来。他们飞快地从我们身边跑过,警察放下手头的一切地去追赶,于是这给了我跟诺斯逃跑的机会。我想警察可能不知道,小佛洛斯特从我这儿继承的几样东西之一就是我的速度。他冲进茫茫黑夜,就像一只来自地狱的蝙蝠。诺斯跟我朝不同的方向跑去,最后在停车场的秘密藏身处再次聚到一起,这是事先约好的。小佛洛斯特和旺达已经等在那里了。

"上帝啊,阿甘!"诺斯喊道,"我们把它救出来了!我真是搞成了一次了不起的秘密行动呀,啊哈?"

"是的,上校,"我说,"你真是比猫头鹰屎还油滑。"

总之,我们悄悄溜出了停车场,刚好在天亮的时候到了铁路边上,瞧,一条侧线上正停着一节里面装满了猪的车厢。

"太好了，"上校说，"还有什么比躲在里面更好的掩护？"

"也许对旺达来说是这样，"我说，"可是我们呢？"

"哦，阿甘，这是唯一的选择，爬上去！"他说。

于是我们就这么做了。让我这么说吧：这是一次漫长而不舒服的回家之旅——尤其是那趟车是开往俄勒冈的，但是，我们还是想办法回去了，而诺斯一路上都在得意地自吹自擂。

不管怎样，我们带着旺达回了家，小佛洛斯特高兴得要死，现在，他把他的宠物找回来了。每天，旺达都待在我的办公室门外，在狮子面前大摇大摆地走来走去。我想狮子没了牙齿对旺达来说可真幸运，但是它总是用一种渴求的样子看着旺达，就好像要跟它结婚或怎样。

一天小佛洛斯特来找我，想要谈一谈。我们一起走到码头上，他讲了他的想法。

"听着，"他说，"我们最近工作得很辛苦，是不是？"

"是呀。"

"所以我在想，或许我们应该休一次假了。"

"你是怎么打算的？"

"呃,你知道吗,或许我们可以离开这个河湾?我们可以去爬山,或者去漂流什么的,你觉得呢?"

"哦,可以啊,很好,"我说,"你有什么特别想去的地方吗?"

"我一直在研究,"他说,"在阿肯色州有一个地方好像很不错。"

"是吗,是什么地方?"

"白河。"他说。

于是我们就去了那里。

在我们离开之前,我把克兰兹中士叫到一边,对作为工厂经理的他下达了一些指令。

"就保持现在这个样子正常运转,"我说,"千万不要跟斯密提或他手下的什么人发生冲突。我们还有生意要做呢,好吗?"

"放心吧,阿甘,"他说,"我正想告诉你,我非常感谢你在这里给我的机会,你知道吗?我是说,从部队干满三十年就退休,这本不是我希望的。现在,你给了我第一份真正意义上的工作。我只想说谢谢。"

"别客气,中士,"我告诉他,"你干得很棒,有你在身边可真好。毕竟,自从跟布巴他们度过在越南的日子之后,我们又在一起了,想一想,那已经是大半辈子前的事儿了。"

"是啊,是这样。无论战争还是和平,我猜我都摆脱不了你了,对不对,阿甘?"

"我们还是希望不要再有战争了吧,中士。"我说。但实际上还有一场战争,只是当时我不知道。

不管怎样,我跟小佛洛斯特打点好行装,去了阿肯色州的白河。自从我们着手经营牡蛎生意以来,我跟小佛洛斯特就处于一种不稳定的休战状态。我是说,他表现得很好,还不止一次把我从自己的愚蠢中拯救出来。他是阿甘公司的副总裁和首席执行官,但实际上,是他在真正经营公司,因为我的确不具备这样的头脑。

好了,这是一个凉爽的春日,我和小佛洛斯特来到了白河。我们租了一条独木舟,把猪肉、豆子、维也纳香肠、奶酪、博洛尼亚腊肠和三明治面包通通装上,然后出发了。

这条河很美,顺流而下的一路上,小佛洛斯特给我讲解着当地的地质演变史,这可以时不时地从河岸的崖壁上看出来。如他所说,可以在化石中看到——我想是像我一样的化石。他说,我们现在接近著名的斯马科弗油层,美国东南部的全部石油都来自那里。

晚上,我们在河岸搭起帐篷,用河上的浮木生了一小堆篝火,安顿下来,煮起猪肉和豆子,然后吃起了晚餐。我一直在想,这是我生平第一次度假。小佛洛斯特显得非常高兴,而我希望随着时间的推移,我能跟他相处得越来越好。我的确为他已经成长起来、在阿甘公司牡蛎厂担当如此重任而感到骄傲。但是他成长得太快了,我同样也感到担心。我是说,我不知道他是否应该有一个真正的童年,应该像我当年一样去玩橄榄球。对于这些,我问过他,但他说这并不重要。

一天晚上,他让我大吃一惊。他把手伸进背包,拿出一把口琴。事实上那正是我在越南吹奏过,后来又跟珍妮的"裂蛋"乐队一起吹奏过的那把,这些年来我一直保存着。更让我吃惊的是,他开始吹一些老曲子,比我当年吹得更甜蜜,也更美好。我问他是怎么学会吹口琴的,他只是说:"我想是自然的本能。"

我们就快结束我们沿河而下的旅程时,我看见岸上有个人对我们叫喊并挥手,示意我们过去。于是我们照办了。我们靠到岸边停下来,他走上船抓住我们的帆脚索。

"嗨,"他说,"你们是新来的吧?"

我们告诉他我们来自阿拉巴马州的莫比尔,只是路过这里，但是他说我们应该上岸看一看河边他准备出售的一块地产。他说那是整个阿肯色州最好的一块地产，他可以给我们一个真正便宜的价格。

于是，我告诉他，我们现在不需要购买地产，但是他那么坚持，我想跟着他去看看也没有什么大碍，这样就不会伤害他的感情。哦，当我们到了那里，不得不说，我感到有点失望。我的意思是，这里的确是块好地，但到处都是破败的房舍，人们在院子里堆放着废弃的汽车和橡胶轮胎什么的，都漆成了白色。有点像我自己大约一年前住过的地方。

总之，这个人让我们叫他比尔好了，让我们不要在意这些"外表结构"，因为再过一两个星期他们就要把这些全部拆掉，替换成值上百万美元的房子。如果我们现在签合同，我们就可以成为第一个参与这桩好买卖的人。

"让我告诉你们一些事情，"比尔说，"我是这一带的政界人士，可是政客的收入不高，所以我把一生的积蓄都投到了这个白河项目上，我敢保证，这个项目会带给我们巨大的回报。你们懂我的意思吗？"

不错，老比尔看上去就是个老好人。我是说，他似乎非常坦诚，有一副沙哑而实在的嗓音，一头花白的头发，一个大大的红鼻子，看起来就像圣诞老人，还有一副善良的笑容——他还把我们介绍给了他的妻子希拉里，她穿着祖母装走出活动房屋，发型就像披头士的假发，还给我们拿来了一些"酷爱"饮料。

"听着，"比尔以一种近似耳语的声音说，"我不想对任何人透露这个计划的任何情况，但事实是，白河地产恰好位于斯马科弗油层上，即使你自己不想在这里建房子，如果你现在买下它，等有人发现了这里，你就可以当上几百次的百万富翁，因为这里有原油啊！"

就在这时，我们的视野中出现了一个人，看见他，我差点没晕死过去。

"朋友，"比尔说，"我想让你见见我的合伙人。"

特里布尔先生，我的象棋教练，每个人都说当年是他偷走了虾公司所有的钱。

见到我，特里布尔先生向后跳去，看起来有点想要逃跑，但是紧接着他镇定下来，走上前跟我握了手。

"哦，佛洛斯特，又看见你可真好。"他说。

"是呀，"我说，"你在这里做什么？"

"说来话长，"他说，"但是在你的虾公司倒闭后，我需要一份工作。我听说这里的州长需要一个顾问，后来他聘用了我。"

"州长？"

"是啊，没错，比尔是这个州的州长。"

"那你们怎么跑到这里卖起地产来了？"我问。

"因为这是一生难得的机会。"比尔说，"呃，你要做的就是签署合同，达成交易。而特里布尔先生呢，他可以收取他的佣金和利润，我们都可以致富。"

"我们已经致富了。"有人说。是小佛洛斯特终于开口说出了这句话。

"哦，那么你们可以变得更富有啊，"比尔说，"哎，是富人在主宰着这个世界的运转。我喜欢富人，富人是我的朋友。"

他对我侃侃而谈，就好像在竞选总统，但是毕竟，我只是个可怜的白痴，对于这个世界，我又知道些什么呢？

"现在，我猜，佛洛斯特，"特里布尔先生说，"你是在想你在虾公司里的钱到底怎样了吧？"

"是，我时刻都在想这件事。"我回答说。

"坦白地讲，是我拿走了，"特里布尔先生说，"我的意思是，你屁股一拍就去了新奥尔良，而当虾公司开始走下坡路时，我就想最好为你把那些钱妥善保管起来。"

"是吗？那你是怎么保管的？"我问。

"哎呀，我买了白河边上这一大片可爱的土地啊。这可是毕生难得的投资。"特里布尔先生说。

"全是胡扯，"小佛洛斯特说，"这片地一到下雪天就连根毛都不值了。"

"啊，瞧，我的孩子，你是谁？"特里布尔先生问。

"我叫佛洛斯特，我可不是你的孩子。"

"哦，我知道，不过……"

"那么你的意思是说，我们拥有了这块垃圾地皮？"

"啊，呃，并不完全是。你瞧，我只是用虾公司的钱付了首期款。我的意思是，一个人必须留点本钱。所以，除了我借的一百七十万美元的贷款外，这里的每一寸土地都是你们的。"

"是的，"比尔说，"但是不用担心债务什么的。毕竟，你们知道联邦储蓄和贷款机构是怎么回事。他们并不在乎你还不还。"

"是这样吗？"我问。

"永远不会，就算我当上总统也不会。"比尔说。

最后，我们终于跟比尔和特里布尔先生辞别，小佛洛斯特气得直跳。

"你应该去法院告这两个坏蛋。"他说。

"告什么呢？"

"告他们偷了你的钱，用于这种肮脏交易，真该死！

你难道看不出这块地只是他们的一个地产交易骗局吗？谁会见鬼的真要住在这里？"

"我以为你喜欢这条河，你可以每天晚上来这里露营。"

"再也不会来了，不会来。"他说。于是，在这一天剩下的时间里，我们划着船沿河而下，小佛洛斯特没再说什么。看来我又有麻烦了。

于是，四季流转，春去夏来，夏去秋来，阿甘公司仍然运营兴旺。那景况就好像无论我们怎么干都不会出差错，有时我简直难以置信，你知道吗？但是我跟格蕾琴相处得很好，小佛洛斯特似乎也快乐得像一只蛤蜊——或者是一只牡蛎。一天，我问格蕾琴和小佛洛斯特，是否想去看橄榄球比赛。我起初只想问小佛洛斯特，因为我记得过去格蕾琴对橄榄球说过的全部的话不外乎"嗯哦"，但是这一次她没这么讲。

"我一直在阅读关于你们的橄榄球的知识，佛洛斯特，并且一直期待看一场比赛。"这是她现在的说法。

呃，实际上我没有把这当成一场比赛，它更像一起大事件。新年这一天在新奥尔良举行的这场"砂糖"杯比赛，是由阿拉巴马大学对阵迈阿密大学的全国冠军赛。

比赛前迈阿密大学的队员们，在城里到处吹嘘他们将大败"红潮风暴"[1]，叫我们从此没脸见人。这话听起来倒很像我在校队跟内布拉斯加大学打"橘子杯"时，那帮剥玉米的家伙口出的狂言。但那是很久很久以前的事了，而且正在变得越来越久。

不管怎样，我们去看这场比赛了。让我这么说吧：这场面可真够壮观！比赛在一个铺着假草坪的圆形运动场举行，但是比赛本身可一点都不假。事实上，这是一场战争。我为自己订了一个私人包厢，然后邀请了这些年来一起厮混过的几个老熟人，在赛季末，开脱衣舞俱乐部的旺达也来了。她跟格蕾琴相处得很好，尤其在格蕾琴告诉她自己在德国也做过酒吧女侍应之后。

"亲爱的，他们都只想要一样东西——但是这交易也不坏"，旺达就是这样处理这种情况的。

好吧，别把话题扯太远了，让我告诉你们吧，阿拉巴马的"红潮"大胜，把迈阿密大学的"飓风"打得惨败，叫他们灰溜溜地夹着尾巴离开了这座城市，于是我终于亲眼看见我的母校赢得了全国冠军赛——格蕾琴也看到了。

---

[1] 本书作者温斯顿·格鲁姆还写过一本讲述阿拉巴马大学的《红潮风暴》(the Crimson Tide)（阿拉巴马大学出版社出版），此处以"红潮风暴"指代阿拉巴马大学。

小佛洛斯特欣喜若狂——尤其在中场休息时,他们报出我的名字,说我正在现场观看比赛——而格蕾琴呢,她简直要疯了!

"防守!防守!防守!"她只会喊这么一句,瞧,我们的防守棒极了,稳稳当当地抓住了从"飓风"们手里抛出的球。

比赛结束时,我们抱在了一起,而我看得出,无论发生什么,我们三个将永远是朋友。这很好,因为我一直喜欢拥有朋友。

一天,河湾上笼罩着雾霭,我在考虑,该是给丹中尉和苏办理后事的时候了。可怜的苏。

于是我拿出了那天在科威特沙伊斯科普夫将军交给我的小骨灰罐,然后来到我的小艇旁,解开绑在码头上的缆绳,开始划出河口。我告诉了小佛洛斯特和格蕾琴我要去做什么,他们都想跟我一起来,但是我拒绝了,这是一件我必须自己去做的事情。

"嗨,甘先生,"有人在岸上叫我,"你为什么不开一条装了马达的新船呢?这样就不用自己划桨了。"

"哦,有时我喜欢这样划船。"我回头对他说,"怀念一下过去的日子。"

于是我就这样做了。

我划过整条河渠，驶进后湾，一路都能听到船舶的号角声，浮标上的铃铛声，等等，透过雾霭，夕阳正在沉落，像一块巨大的红色松饼。我继续划，来到我们在污水处理厂旁边新建的牡蛎苗床。这个时间员工都回家了，所以这里只有我自己——各位，这儿闻着全是牡蛎成熟的味道！

我顺风漂流了一会儿，然后把船首向北调了一点，这里的空间更开阔些，在我估计长着最大最肥的牡蛎的地方，我打开了小罐，开始祈祷丹和苏一切都好，然后我把他们向船外抛去，扔到了黑暗的水里。我本应该悲伤至极，但是，不知为何，我没有。在我看来，他们只是结束了他们的旅程。实际上，我更愿意选择把苏留在丛林里，但是这里没有丛林，我想牡蛎苗床也是个不错的地方。毕竟，它可以跟丹一起留在这里，丹是它的朋友。我注视着那两个锡罐微微颤动着沉入水底，有那么一瞬间，它们像星星一样对着我发光，然后就消失了。

我将小艇掉头，开始往回划，这时候我听见一个大浮标的铃铛传来一阵铃响，我向上一看，珍妮正坐在那上面，慢悠悠地前后摇晃着，看上去一如既往地美丽。多好的珍妮。每当我需要她时，她似乎总会出现。

"啊，佛洛斯特，"她说，"我想你终于听进去我的话了,不是吗?"

"你的什么话?"

"很久以前,我让你认真听丹的话。"

"哦,"我说,"是的,我想我这么做了。做得很好,不是吗?"

"是的,我得说的确很好。你只是需要有人对你不断重复'牡蛎',最后你就会铭记在心。"

"呃,我希望我这次没有搞砸。"

"这次没有。我想以后你也不会再搞砸了。"

"你看起来有点难过,"我说,"出什么事了吗?"

"没有。只不过这一次可能是我们最后一次谈话了,你知道吗?我是说,我想你现在已经一切都好了。我还有其他的鱼要煎——或者说其他的牡蛎要剥壳——你明白我的意思吧?"

"但是小佛洛斯特怎么办?我以为你做这些都是为了他。"

"不,并不是。一直是为了你。小佛洛斯特是个优秀的年轻人。他可以照顾他自己。但是你,需要一点别人的照顾。"

"我还不敢肯定他喜欢我。"我说。

"我想他喜欢你。"珍妮说,"他还是个孩子。我是说，还记得我们在他这个年纪是什么样吗？"

"那已经是很久以前了。"

"那么，格蕾琴怎么样？"珍妮问，"你们相处得怎么样？你知道我告诉过你，我之前就喜欢她。她是，呃——她是一个真实的人。"

"我不知道，"我说，"你问起这样的事情，多少有点让我尴尬。"

"不必如此。毕竟，我们有我们的过去。"

"是，好吧，但并不是自始至终。我是说，有点变短了。"

"有时候会这样。佛洛斯特，记忆是生命中最重要的。其他什么都没留下的时候，记忆便意味着一切。"

"但是，按你说的，难道我们不会再……"

"或许，但是，你还有大把的人生。而且我想你现在很好。我不知道你会怎么做，但是你能替我对我妈妈和小佛洛斯特说一声再见吗？用你自己特有的方式？"

"呃，当然，不过……"

"我只想告诉你我爱过你，还有，佛洛斯特，你很优秀。"

"嘿！"我叫道，但是当我抬起头，眼前的大雾中，只有挂着铃铛的大浮标在前后摇摆着，此外什么也没有。

于是我划回了岸边。

那天下午我回到加工厂。这时差不多每个人都回家了。我自己到处徘徊着,感到有一点孤独。我看到有几间办公室的灯还亮着,里面的人工作到很晚,所以才会有我们公司的成功。

在厂区内,有一个小房间是我喜欢的。那是我们储存珍珠的地方。它仅有一壁橱大小,但是里面除了各种工具和其他物品外,我们放了一个桶。事实上,这个桶是工人放进去专门盛珍珠的。

珍珠的产量并不高。日本牡蛎才产上好的珍珠,而我们的剥壳员尽管经常能剥出珍珠,却往往不是形状滑稽,就是颜色难看,但是一年到头,他们总能凑出一些珍珠,我们卖掉之后,换回来的钱足够请剥壳员和下种员痛痛快快地喝一顿啤酒,我们就是这样做的。

当我来到珍珠储存室时,我听见里面传出奇怪的声音。我打开门,看见克兰兹中士正坐在一张凳子上,我看了看他,借着他头顶上一只二十瓦的灯泡,我看到他的眼睛红了。

"怎么啦,中士,出什么事了?"我问。

"没什么。"他说。

"克兰兹中士,我认识你很多年了,以前可从来没见过你哭。"

"是的,而且,你再也不会见到了。还有,我根本没哭。"

"哦,是吗?啊,好吧,我是这个公司的头儿,知道我的人出了什么事是我的责任。"

"从什么时候起我成了'你的人'了,阿甘?"

"从我遇到你那天起,克兰兹。"然后我们彼此看了一眼,接着我看到大颗的眼泪开始滚落他的面颊。

"好吧,见鬼,阿甘,"他说,"我猜我太老了,干不了这份鬼工作了。"

"你说什么,克兰兹中士?"

"是那个斯密提和他那伙人。"他说。

"发生什么事了?"

"我去检查我们的船,没想到他带着他那伙人尾随着我。就在我检查我们船上的绳索时,他开始往我们的一艘船里撒尿。我说了他,于是他跟其他几个人就抓住我开始往死里打,把我打成了乌眼青……"

"他们胆敢这样!"

"那个斯密提,他还叫我黑鬼,还是第一次有人当着我的面这样叫。"

"是吗？"我问。

"阿甘，你已经听到了。我根本无力还击——见鬼，我都五十九岁了。我一个人怎么敌得过八九个人高马大的白人小伙子？他们才是我一半的年龄。"

"好吧，中士。"

"好什么，我的傻瓜，我真没想过会有还不了手的这一天，但是还手也没有任何好处，我只会被揍得更扁。被揍扁也没关系，但他还叫我——你还告诉我不要惹斯密提和他的人。我一直在避免冲突，但是没用。"

"你看着，克兰兹中士，现在没关系了。你就待在这儿等我回来，听见了吗？这是命令。"

"我不接受列兵的命令，阿甘。"

"呃，但这一次你要听。"我说。

于是我去处理斯密提这件事。

一生当中，我一直在努力做对的事，这就是我看待事情的方式。妈妈总是告诉我，对的事就是不去挑起争端，尤其因为我长得这么高大又这么笨。但是有时候，你不能让对的事挡住你的路。

我沿着街走了很久，来到拜尤拉巴特里的码头处，我猜斯密提跟他的人看到我走过来了，因为当我到达时，他们已经站成了一队，斯密提站在最前头。

我没注意到，我们阿甘公司牡蛎厂的一群人跟着我也到了这儿，他们看起来满脸不高兴，就好像他们也要动真格的了。

我走到斯密提跟前，问他对克兰兹中士做了什么。

"跟你无关，阿甘，"他说，"我们只是开了个玩笑。"

"你那伙人把一个五十九岁的人往死里打，你说这是玩笑？"

"见鬼，阿甘，他只是个老黑鬼。这关你屁事？"

于是我给了他个好看。

首先我抓住他的夹克，把他拎起来，然后把他扔到码头上扫在一起的一堆海鸥屎上，屎塞了他一鼻孔。

然后，我把他翻过来，一脚踹上他的屁股，叫他飞过码头掉进他自己的牡蛎船里。他四脚朝天落进船里，我拉开我的裤子拉链，从码头上朝他撒了一大泡尿。

"听着，你再敢欺负我的人，"我告诉他，"就等着当蔬菜被浇大粪吧。"这可能是我所能想出来的最机智的话了，但是当时我并不觉得自己很机智。

就在这时，一个东西打中了我的胳膊。是斯密提的一个手下拿了一块带钉子的木板，让我这么说吧：真疼。但是我并没有失去镇定任人欺负。于是我把他也抓了起来，恰好旁边有一台制冰机，我就把他头朝下塞了进去。另一个家伙扑向了我，手拿一件修轮胎的工具，但是我抓住他的头发，把他在空中抡了几圈，然后像扔一块铁饼一样扔了出去，我最后看他时，他正在朝古巴或牙买加飞去。所有其他的混蛋看到这情景，都向后退去。

我只说了一句："记住你们今天看到的。别叫你们自己碰上。"事情就是这样。

这时，天已经黑了。所有从阿甘公司跟出来的人，都欢呼着，又发出嘘声，为斯密提和他的那伙人渣喝着倒彩。昏暗中，我瞥了一眼站在人群里的克兰兹中士，他正在点头。我对他眨了眨眼，他冲着我竖起了大拇指。我和克兰兹中士已经做了很久的朋友，我想我们是彼此理解的。

就在此时，我感到有人在拽我的袖子，是小佛洛斯特。他看到我的胳膊流血了，是那个混蛋用带钉子的木板打的。

"你还好吗，爸爸？"他问。

"什么？"

"我说你还好吗，爸爸。你在流血。"

"你叫我什么？"

"我爱你，爸爸。"这是他说的。这对我而言已经足够了。没错，各位。

没错，各位。

于是，或多或少，这件事情就到此结束了。人群散开后，我走到河口处，在那里可以放眼眺望整个河湾，还有密西西比海峡，再往外就是墨西哥湾了。如果有能力的话，你还可以清晰地看到墨西哥，以及南美洲。但是，那天晚上天还是有一点雾蒙蒙的，于是我走到公园的一张长椅前坐下，小佛洛斯特也走过来，坐到我身边。我们什么都没说，因为我认为一切都已说过。不过这让我开始想，我是一个多么幸运的人啊。我拥有一份工作，一个骄傲的高大的儿子，我还在我的年代拥有一些朋友。我忍不住想起了他们所有的人。老布巴，珍妮，我妈妈，丹，苏，都已经走了，但是或许并没走远，因为每次我一听到水面上的汽笛声，或者浮标上的铃铛声，就会想起他们。他们就在某个地方。还有小佛洛斯特，珍妮的妈妈，克兰兹中士，以及其他那些人，他们仍在这里。我并没忘记珍妮所说的关于格蕾琴的话。所以，从某种意义上说，我是这个世界上最幸运的人。

只剩一件事要告诉你们了：他们决定用我的生平故事

拍一部电影。就算对我来说,这事都不寻常。有人风闻了我的事儿,我是一个白痴,却闯出了点名堂,在这个时代,他们管这叫"人咬狗"类型的故事[1]。

于是有一天这些好莱坞的制片人找过来告诉我,我要上电影了。呃,你们大家知道接下来发生什么了。他们拍出了电影,全世界的人都跑去看。我在纽约的那个晚上遇到的汤姆·汉克斯先生,在电影中扮演我的角色——他演得非常精彩。

哦,最后,到了去加利福尼亚参加奥斯卡金像奖颁奖典礼的那个晚上。我把我的每个朋友都带了过去,我们坐在观众席上——我特意跟布巴的家人坐在了一起。没想到这部电影一举赢得了奥斯卡奖的多个奖项,最后,在感谢过所有的人之后,他们决定也对我致谢。

那位主持人莱特曼先生,是个不错的家伙,长着一口龅牙,还有一只特技狗那种玩意儿,当念到名单的末尾时,他宣布他们要为佛洛斯特·甘颁一个特别奖,因为他是"美国最可爱的可确诊的白痴",于是我被叫上了台。

在他们给我颁了奖之后,莱特曼先生问我是否有什么话要对电视机前的观众朋友们讲。事实上,我是有话要说的,而且我已经准备好了。于是,我站在台上向下望去,

---
1 在西方新闻界流行一句话,"狗咬人不是新闻,人咬狗才是新闻"。

看向所有那些珠光宝气、华服美裙的美丽女士和英俊先生们，说出了跑到我脑子里的第一句话，那当然就是：

"我要尿尿。"

呃，起初，没有人鼓掌或做出回应什么的。我想，他们一定都很尴尬，因为我们毕竟在做全国电视直播。过了一会儿，观众们开始嘀咕或者自言自语起来。

莱特曼先生感到他应该控制场面，我想他并不确定自己该做什么，于是便朝幕后的工作人员打手势，要他们放下一个舞台吊钩，把我这个大傻瓜从舞台上拖走。舞台吊钩刚勾住我的衣领，这时，突然从观众席上射出一枚飞弹，穿过脚灯的光束直飞上舞台。原来，小佛洛斯特大概过于兴奋，把整个奥斯卡奖的节目单都嚼烂了——因为奥斯卡典礼不供应爆米花——于是他便拥有世界上最大的纸团武器。当他们试图把我拖下舞台时，小佛洛斯特扔出纸团，打在了莱特曼先生的两眼之间！

格蕾琴当然吓坏了，叫了起来："哦，我的上帝啊！"但是让我这么说吧：这场面真是壮观！一瞬间，所有的人都失控了。人们跳起来，叫喊着，指指点点，咒骂着，莱特曼先生用讲稿遮住自己，拼命想弄掉满脸的碎纸。

然而这时，我听见观众席上传来一声压过一切的叫喊："那是我爸爸！那是我爸爸！"我必须告诉你，这就足够了。所以我猜，你可以说我们去过那里，然后大幕就落下了。

你懂我的意思吗？

完